장홍관일

長虹貫日

월인 新무협 판타지 소설

FANTASTIC ORIENTAL HEROES

장홍관일 6

월인 新무협 판타지 소설

초판 1쇄 찍은 날 § 2011년 6월 2일
초판 1쇄 펴낸 날 § 2011년 6월 9일

지은이 § 월인
펴낸이 § 서경석

총괄팀장 § 유경화
편집책임 § 주소영
편집 § 어정원

펴낸곳 § 도서출판 청어람
등록번호 § 제1081-1-89호
등록일자 § 1999. 5. 31
어람번호 § 제2-2101호

주소 § 경기도 부천시 원미구 심곡2동 163-2 서경B/D 3F (우) 420-822
전화 § 032-656-4452팩스 § 032-656-4453
http://www.chungeoram.com
E-mail § chungeoram@chungeoram.com

ISBN 978-89-251-2532-9 04810
ISBN 978-89-251-2064-5 (세트)

6

도약(跳躍)

장홍관일

長虹貫日

월인 新무협 판타지 소설

FANTASTIC ORIENTAL HEROES

目次

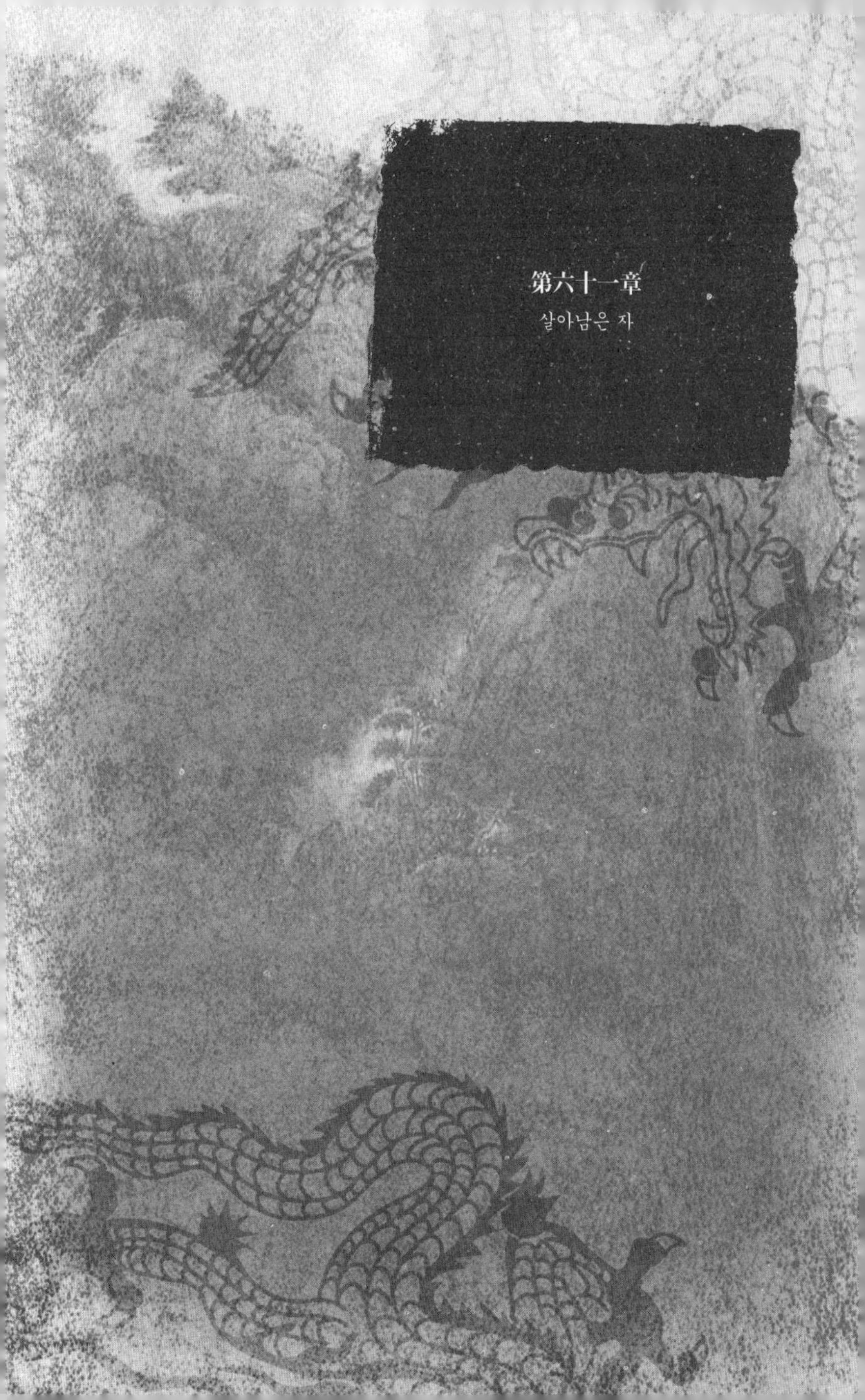

第六十一章

살아남은 자

장홍관일

'엇, 저놈들은?'

집채만 한 바위 두 개 사이의 공간에 은신하고 있던 부연호는 속으로 경호성을 토하며 두 눈을 크게 떴다.

자신이 몸을 숨긴 바위에서 약 이십 장 떨어진 산길을 따라 석모광과 함께 위건화가 산을 내려오고 있었기 때문이다.

부연호는 자신이 무엇을 잘못 보지는 않았나 하는 마음으로 눈을 몇 번 끔뻑거린 후 다시 시선을 모았다.

아무리 보아도 석모광과 위건화가 맞았다.

보통 사람보다 훨씬 큰 덩치의 석모광은 해태눈이 아닌 이상 잘못 볼 수 있는 인간이 아니다.

착각이 아닌가 싶은 사람은 위건화였다.

놈은 지금 반송장이 되어 있을 터인데 어떻게 저렇게 멀쩡히 산을 내려오고 있단 말인가?

근 한 달 동안 혈이 봉해진 그는 당장 혈이 틔어지더라도 근력이 극도로 약화되어 제대로 움직이지 못할 것이다.

뿐만 아니라 석모광 저놈도 지금쯤은 무영의 손에 제압되어 인질이 되어 있어야 했다.

부연호는 머릿속이 실타래처럼 얽혀오는 기분이었다.

석모광이 아무리 무황성주의 대제자이고 타고난 신력이 역발산의 기세라 해도 무영에게는 상대가 안 될 것은 자명했다.

무영이 어떤 사람인지, 그리고 누구의 후예인지 모른다면 그렇게 단정적으로 말하진 못하겠지만 무영에 대해서라면 누구보다 잘 아는 부연호였다.

알면 알수록 더 두려워지는 인간!

그런 무영이기에 무황성주의 제자 세 명이 한꺼번에 덤빈다 해도 오십 합을 넘기지 못하고 쓰러질 것이다.

그런데?

무영은 보이지 않고 석모광과 함께 한 달 동안 시체처럼 쓰러져 있던 위건화마저 제 발로 걸어서 내려오고 있었다.

부연호는 불꽃이라도 튈 듯한 눈으로 두 사람에게 시선을 고정시켰다.

'설마 저 두 놈이 무영을 쓰러뜨리기라도 했단 말인가?'

부연호는 절로 고개를 흔들었다.

지금 당장 이 선인봉이 와르르 무너져서 평지가 되지 않는 한 그런 일은 없을 것이다.

제 발로 걸어 내려오고 있긴 했지만 두 놈의 걸음걸이는 요괴에게 정혈을 다 빨린 허깨비 같았다. 더 나아가 도살장으로 끌려가는 황소 같기도 했다.

'그렇다면?'

무영이 사운혁에게 목적을 달성하고 저놈들을 풀어주었단 말인가?

그건 더더욱 아닐 것이다.

절대로 그렇게 쉽게 보내줄 무영이 아니다.

지금 무영은 사운혁 한 놈에게만 복수의 칼을 갈고 있는 것이 아니다. 시퍼렇게 벼리어진 복수의 칼은 무황성주와 무황성 전체를 향해 겨누어져 있다. 그러니 저놈들은 절대로 무영의 손아귀에서 벗어나지 못해야 했다.

'누군가 다른 놈들이 나타나 저들이 풀려난 것이 분명하다!'

그런 결론과 함께 부연호는 선인봉 정상을 향해 귀를 기울였다.

자신의 짐작대로 절대 가볍지 않은 파공음이 연이어 터지고 있었다. 저 정도라면 석모광보다 한참은 더 강한 인간이란 말이다.

'대체?'

부연호의 뇌리에 또 다른 의문이 샘솟았다.

이쪽 사면은 자신이 감시하고 있었다. 다른 쪽은 서문진충 일행과 무영의 사형 허복양이 맡았다.

자신 쪽으로는 분명 아무도 올라가지 않았다.

그렇다면 허복양이나 서문진충 일행이 올라가는 사람을 놓쳤다는 말이다.

'대체 어떤 인간들이기에 그것이 가능하단 말인가?'

석모광과 그 부하들이 올라가는 것도 모두 감지하여 자신에게 신호를 보낸 그들이다.

그런데 그런 사람들의 이목을 감쪽같이 속이고 정상에 올랐다는 말이다.

부연호의 뇌리에 결코 가볍지 않은 경종이 울렸다.

오래전에 뒷전으로 물러나 화단이나 가꾸고 있는 무황성의 십이장로 정도라면 가능할 것이다.

그들 중 두 사람이라면 자신이라 해도 우세를 점치기 힘들 것이고, 다섯 명 정도가 한꺼번에 덤빈다면 충분히 무영의 적수가 될 수 있을 것이다.

만약 다섯 이상이 합세한다면?

그땐 무영도 중과부적으로 위험해질 수 있었다.

부연호의 생각이 거기까지 이르는 사이 석모광과 위건화

는 얼굴을 식별할 정도로 가까워졌다.

'저놈…….'

선인봉 정상의 상황과 무영에 대해서 생각하던 부연호의 눈에 불길이 일었다.

석모광의 모습이 확연히 눈에 들어오자 삼백 명의 무황성 정예를 진두지휘하여 마련을 무너뜨리던 그때의 기억이 되살아난 것이다.

그때 놈은 그야말로 한 마리 야수였다.

웬만한 사람은 들어 올리기조차 힘들 정도로 큰 도끼 두 자루를 자유자재로 휘두르며 마련의 무사들을 가차없이 도륙했다.

마련으로서는 가장 큰 잔치인 명왕제(明王祭)를 맞아 심하게 취해 있던 마련의 무사들은 뒤늦게 대응을 시작했지만 일초지적이 되지 못했다. 그들이 마신 술에는 이제까지 경험해 보지 못한 지독한 산공독이 녹아 있었던 것이다.

그 산공독은 무색무취로 부연호 자신마저 아무런 낌새를 느끼지 못했다. 그러나 그 효능은 뼈에 사무칠 정도로 막강했다.

평소에 비해 일 할의 공력도 끌어올릴 수 없었고, 술기운을 더욱 강하게 퍼뜨렸다.

놈은 그런 마련의 무사들을 도끼질 한 번에 두 명, 세 명씩 쓰러뜨렸다.

피 냄새를 맡으며 점점 더 광분한 놈은 아녀자는 물론 무공을 모르는 어린아이들에게까지 한 점 망설임 없이 도끼를 휘둘렀다.

놈의 도끼질에 가슴이 으스러진 채 기어와서 마령패를 건네주고 숨이 끊어진 후에도 자신을 붙잡고 놓아주지 않았던 련주가 아니었으면 자신 역시 미친 듯이 뛰어나가 설치다가 놈의 도끼에 도륙당해 죽었을 것이다.

빠드득!

부연호의 입에서 이가 갈리는 섬뜩한 마찰음이 흘러나왔다. 그리고 그의 손이 덜덜 떨렸다.

절대로 경거망동하지 말고 별도의 지시가 있을 때까지 그 자리를 고수하라는 무영의 지시가 있었지만 가슴 저 밑바닥에서 솟구치는 분노는 폭발 직전의 용암처럼 들끓었다.

'미안하네, 친구. 난 죽었다 깨어나도 자네처럼 될 수 없네. 나란 놈은 이런 상황에서 이렇게 행동할 수밖에 없다네.'

무영을 향해 속으로 중얼거린 부연호는 천천히 몸을 일으켰다.

은신했던 신형을 드러냄과 함께 온몸에서 퍼져 나가는 살기로 인해 사방의 공기가 급속하게 경직되어 갔다. 그 얼음장처럼 차가운 기운은 석모광과 위건화의 걸음을 저절로 멈추게 만들었다.

"엇!"

자신도 모르게 걸음을 멈춘 채 부연호를 발견한 석모광은 외마디 경호성을 터뜨렸다.

양광에 반사되는 반쪽 가면의 얼굴!

차라리 그쪽이 훨씬 나았다.

반대쪽 맨얼굴에서 피어오르는 살기는 흉신악살이라도 천리만리 도망갈 듯 소름끼쳤다.

"네, 네놈은?"

석모광은 주춤 뒷걸음을 치며 평소보다 두 배는 더 크게 뜬 눈으로 부연호를 쳐다보았다.

이곳에 온 후로 내내 부연호의 존재가 신경 쓰였는데 지금 마주치게 되니 몰려오는 긴장감으로 온몸이 얼어붙을 지경이었다.

자신이 선봉에 서서 마련의 몰락을 이끌었으니 자신에 대한 놈의 원한이 얼마나 될지 짐작이 갔다.

놈은 자신보다는 사제 사운혁에게 더 원한이 컸다. 또한 놈은 뱀처럼 냉정한 성격이라 그 원한을 사운혁에게만 국한시키지 않고 자신과 막내제자 위건화, 사부, 그리고 온 무황성에까지 확대시켰다.

하지만 저놈은?

무영이란 놈과는 달리 무황성이나 사부는 아랑곳하지 않고 자신에게 온 분노를 퍼부을 것이다. 그러고 나서 남은 여력이 있다면 다른 사람에게로 확대시킬 것이다.

석모광의 짐작을 증명이라도 하듯 부연호는 사제 위건화는 쳐다보지도 않고 오로지 석모광에게만 온 주의력을 집중했다.

석모광은 등줄기 한복판으로 얼음물이 흘러내리는 기분이었다.

정상적인 상태라면 저런 놈쯤 충분히 상대해 줄 자신이 있었다. 간단하게 제압하지는 못하더라도 이렇게 긴장할 정도는 아니었다.

그러나 지금은?

석모광은 은밀하게 내력을 끌어올려 보았다.

무영으로부터 당한 충격이 갈비뼈 몇 개를 왕창 무너뜨려 숨을 크게 쉬기도 힘들었다.

도끼를 통해서 받은 충격이었지만 진기의 흐름마저 뒤흔들어 놓아 운기가 제대로 되지 않았다. 만약 도끼를 통하지 않고 정통으로 가격당했다면 이렇게 하늘을 보고 다니지도 못할 것이다.

어쨌든 지금은 평소에 비해 절반도 힘을 쓰지 못할 지경이었다.

"오랜만이군."

부연호는 올가미에 걸린 사냥감을 쳐다보듯 석모광을 노려보며 다가왔다.

두 눈에서 뿜어져 나오는 지독한 살기에 지나가는 바람마저 얼어붙어 바닥으로 떨어져 내렸다.

"원수는 외나무다리에서 만난다고 하더니… 옛말 하나 틀린 게 없어. 후후후!"

부연호는 용암처럼 들끓는 마음을 억누르며 여유로운 미소를 피워 올렸다.

"주마룡……."

석모광은 한 자루밖에 남지 않은 도끼를 손에 들며 부연호의 별호를 읊조렸다. 그러면서 굳어지는 신형을 다스리려 다시 내력을 끌어올렸다.

내력은 여전히 원활하게 이어지지 않았다. 더구나 도끼마저 한 개를 잃어버렸으니 이런 상태에서 대결을 벌인다면 평소의 삼 할 능력도 발휘하지 못할 것 같았다.

석모광은 사제 위건화에게로 시선을 돌렸다.

위건화의 표정도 새하얗게 질려 있었다.

사부 단목상군에 의해 봉해졌던 혈은 겨우 트였지만 그는 지금 몸을 움직이는 것도 힘이 들었다.

한 달 동안 봉해졌던 악랄한 폐혈 수법은 단전을 극도로 축소시켜 버려 무인으로서의 생명마저 위태롭게 한 것이다.

"왜 그러나? 흡사 똥 마려운 강아지새끼 같군. 후후! 그럼 그렇지. 네놈들을 멀쩡하게 보내줄 친구가 아니지. 죽여 버리든지, 하다못해 반병신은 만들어 보내줄 친구지. 몰골을 보아하니 반병신도 훨씬 넘어선 것 같군."

부연호는 허옇게 이를 드러내며 두 사람의 전신을 훑었다.
뱀의 눈빛 같은 부연호의 시선을 대한 위건화는 다리에 힘이 풀리며 후들거려 옴을 느꼈다. 이젠 무인으로서는 거의 폐인이나 마찬가지인 그는 고수의 눈빛마저 감당하기 힘든 상태가 된 것이다.
“얼씨구! 저놈은 아예 병신일세.”
부연호는 새파랗게 질리며 신형을 휘청거리는 위건화를 보고 코웃음을 쳤다.
“병신까지 죽이고 싶지 않으니 네놈은 꺼져라!”
고함과 함께 부연호는 손을 흔들었다.
퍼엉—
부연호의 일장에 가격당한 위건화의 신형이 삼 장도 더 날려가 잡목더미 속에 처박혔다. 그리고는 혼절이라도 했는지 더 이상 꿈짝도 하지 않고 늘어졌다.
“이젠 네놈 차례구나. 단 하루도 빠지지 않고 이런 날이 오길 빌고 또 빌었는데 이렇게 빨리 찾아올 줄 몰랐군. 역시 사람은 친구를 잘 두어야 해. 하하하!”
부연호는 으르렁거리듯 웃음을 흘리며 석모광에게로 다가갔다.
두 사람 사이의 대기가 터져 나갈 듯 압축되며 위로 치솟았다.
휘익!

부연호를 본 순간부터 암암리에 공력을 끌어올리고 있던 석모광은 전광석화같이 기습 공격을 했다.

내력을 절반도 운용할 수 없는 지금은 그것밖에 방법이 없었다.

쐐애액—

사력을 다해 휘두른 석모광의 도끼가 부연호의 정수리를 두 쪽 낼 듯 떨어져 내렸다.

그러나 그 공격에는 여러 곳에서 파탄의 흔적이 드러나 있었다.

무영에게 당한 육체적 충격과 함께 집법전에서 대기하라는 단목상군의 명령에 나락으로 떨어지는 듯한 정신적 충격을 받은 석모광은 초식마저 급전직하로 위력이 떨어져 있었다.

"육갑을 떠는군!"

부연호는 차가운 조롱과 함께 손을 흔들었다.

콰앙—

부연호의 손에 부딪친 도끼가 바위를 비껴 친 듯 옆으로 튕겨났다. 그러나 석모광은 그 여세에 몸을 맡기며 쾌속하게 신형을 한 바퀴 돌리고는 그대로 도끼를 휘둘러 왔다.

상대의 힘을 이용한 이화접목의 수법이었다.

부연호는 슬쩍 상체를 젖혀 석모광의 도끼를 피한 후 쾌속하게 주먹을 뻗었다.

우우웅—

대기를 울리는 진동음과 함께 부연호의 주먹은 흡사 바위처럼 무겁게 석모광의 가슴을 두드려 갔다.

핼쑥한 표정을 한 석모광이 사력을 다해 도끼를 내려쳤다.

부우웃!

도끼가 파공음을 토하며 부연호의 주먹을 두 쪽 내려는 순간, 부연호의 주먹이 어지럽게 흔들리며 수많은 환영을 그려냈다. 그리고 그 환영 하나하나가 실체가 되어 석모광의 전신 대혈을 찍어들었다.

'이건?'

석모광의 눈이 크게 뜨여졌다.

지금 부연호가 펼친 수법은 마교의 무학이 아니었다.

처음 바위처럼 무거운 기세로 뻗어오던 주먹은 마교의 명왕붕천권(明王崩天拳)이었다. 그러나 이렇게 흔들리며 순식간에 환영을 만들어내는 수법은 절대로 명왕붕천권이 아니었다.

지극히 패도적인 명왕붕천권에는 환이 섞일 틈이 없었다. 그런데도 지금 전신 대혈을 쳐오는 수십 개의 주먹에는 어느 것이 환이고, 어느 것이 실인지 구별하기 힘들 정도로 제각각 막강한 기운이 스며 있었다.

석모광은 이를 악물며 부연호의 주먹과 마찬가지로 도끼를 흔들었다.

도끼 그림자가 난무하며 무섭게 날아드는 주먹에 부딪쳐 갔다.

파파파팡—

고막을 터뜨릴 듯한 폭음이 연속적으로 터져 나왔다. 그리고 그 폭음의 횟수만큼 석모광의 표정이 연달아 일그러졌다.

한 개만 빼고는 모두 환영이라 생각했는데 그 모두가 실체였던 것이다. 그리고 그 개개의 실체는 결코 힘이 분산되지도 않았다.

울컥!

석모광은 선혈을 토했다.

무영과의 대결에서 당한 내상이 도지며 더 많은 선혈이 터져 나온 것이다.

"재미있군!"

한 번 더 선혈을 토한 석모광은 짜내듯 중얼거렸다.

산을 내려오면서 거의 자포자기의 상태가 되었다. 그래서 지극히 우려스런 상황에 직면했음에도 불구하고 우려감보다는 재미있다는 생각이 들었다.

마도 무공과 사도맹 무공의 접목!

절대로 쉽게 일어날 수 있는 일이 아니었다.

마도와 사도는 둘 다 사파의 세력이었지만 정도와 흑도가 어울릴 수 없는 만큼 서로를 경원시했다.

정파라는 공동의 적을 상대하지만 자신 외의 다른 강자를 인정할 수 없다는 배타성이 그들 두 세력을 영원히 섞이지 못하게 했다. 그래서 두 세력은 초지일관 물과 기름처럼 동떨어져 있었다.

그런 두 세력의 무공이기에 섞이고자 한다고 해서 그게 가능할 수도 없었다.

두 세력의 무공은 그 원류가 너무나 달랐다. 서로 섞이고자 한다는 것은 말 그대로 기름과 물을 섞으려고 하는 것이나 마찬가지였다.

그런데 무언가 섞여가고 있다는 것을 느꼈다.

조금 전 부연호가 내지른 명왕붕천권에는 분명히 사도맹의 수법이 섞여 있었다.

그러고 보니 자신의 도끼를 반탄강기만으로 박살을 내버리던 무영의 패도무쌍한 무공도 이해가 갔다. 놈의 무공에도 마도의 수법이 섞여 있었던 것이다.

'상문의 무공이 그것을 가능케 했다는 말인가?'

주술과 술법으로 인간의 능력을 극대화시키며 상궤를 달리하는 무공을 발전시킨 상문!

그들이라면 그것이 가능할 수도 있을 것 같았다.

또 그렇게 탄생한 고수가 파황객이고…….

"정말 재미있어! 큭큭!"

석모광은 괴소를 터뜨리며 한 모금의 선혈을 더 토해냈다.

"다행이군. 마지막 가는 길이라도 재미있어야지. 그래야 원귀가 되어 날 따라붙지 않겠지. 그런 의미에서 더 재미있게 해주지."

슈슈숙—

부연호의 두 손이 어지럽게 흔들리며 사방을 가득 메웠다. 그리고 어느 순간 흩날리는 부적들이 제각각의 방향에서 석모광의 전신을 향해 덮쳐들었다.

'탈혼귀부술(奪魂鬼籍術)?'

초식명은 석모광의 뇌리에서 튀어나왔다.

상문의 탈혼귀부의 수법이었다.

그것이 부연호의 패도적인 장법에 섞여 펼쳐졌다.

석모광은 급히 도끼를 들어 올렸다.

자신의 짐작이 맞는다면 저 개개의 부적들은 치명적인 암기가 되어 자신의 몸을 파고들 것이다.

석모광은 도끼를 세차게 그어 올려 부막을 펼쳤다.

극강의 내력을 필요로 하는 수법이라 펼치는 즉시 목구멍에서 선혈이 역류했지만 석모광은 그것을 꿀꺽 삼키며 도끼를 끝까지 휘둘렀다.

끼이익—

귀곡성 같은 마찰음이 일며 사방이 온통 핏빛으로 변했다.

부적의 붉은 그림들이 온 사방을 뒤덮은 것 같았다. 그 핏빛 혈무 속에서 커다란 손 하나가 쾌속하게 날아들었다.

석모광은 급히 도끼를 틀어 손을 막았다.

콰앙!

부연호의 손바닥이 그대로 석모광의 도끼를 두드리며 폭음이 터졌다.

석모광은 입으로 피를 뿌리며 열 걸음도 넘게 뒤로 밀려났다.

"썩어도 준치라더니 정말 대단하군. 그런 몸으로도 내 장력을 막아낸단 말이지?"

부연호는 선혈을 토하며 비틀거리고 있는 석모광을 보며 차갑게 웃었다.

"정상적인 상태가 아닌 상대를 공격하며 큰 우월감을 느끼는 것은 너무나 비겁한 처사가 아닌가? 쿨럭!"

석모광은 옷소매로 입가에 흐른 피를 닦으며 부연호의 자존심을 슬쩍 건드렸다.

"그러는 네놈은 어땠나? 산공독에 중독당해 일 할의 공력도 제대로 끌어올리지 못한 마련 문도들을 가차없이 도륙하지 않았나?"

"그, 그건……."

석모광의 표정에 당혹감이 번져 나갔다.

무인의 자존심을 자극하여 기회를 엿보려고 했는데 오히려 역효과만 야기한 셈이었다.

그날의 기억이 떠오른 부연호의 눈이 분출 직전의 용암처럼 이글거렸다.

"그것도 모자라 네놈들은 무공도 모르는 아녀자와 아이들까지 같이 도륙하지 않았나?"

말을 마치기도 전에 부연호는 발끝으로 땅을 박찼다.

쉬이익—

부연호의 신형이 시커먼 그림자가 되어 석모광의 전면으로 육박해 들었다.

도끼를 휘두르기엔 늦었다. 석모광은 주먹을 들어 포탄처럼 앞으로 뻗었다.

어린아이 머리통만 한 주먹이 부연호의 안면을 강타하려는 순간 부연호의 얼굴이 흔들거리며 사라지고 대신 그 아래쪽으로부터 주먹이 강하게 치고 올라왔다.

바위라도 부술 만한 경력이 실린 주먹이었다.

석모광은 내뻗던 주먹을 급히 틀어 아래쪽으로부터 솟구쳐 오르는 주먹을 막아갔다.

퍼억—

부연호의 주먹이 석모광의 손목에 걸리며 파육음이 터졌다.

'으윽!'

석모광은 쏟아지려는 비명을 억지로 삼켰다.

쇠망치에 부딪치는 것 같은 느낌과 함께 손목이 부러지는 듯한 통증이 몰려왔다. 그리고 그곳에서 냉기가 팔을 타고 올라 어깨까지 전해졌다.

'음혈마기(陰血魔氣)!'

악독하기 짝이 없는 마교의 암경이다. 제대로 걸리면 혈맥이 파열되고 급기야는 온 심맥이 터져 나가는 끔찍한 수법이었다.

석모광은 급히 진기를 오른팔로 돌려 온 혈맥을 얼릴 듯 스며드는 음혈마기를 몰아내고 왼손에 든 도끼를 아래로 내려 찍었다.

휘잉—

어느새 부연호의 주먹은 거두어지고 도끼는 빈 허공만 갈랐다. 대신 부연호의 다른 손이 활짝 펼쳐지며 석모광의 가슴을 향해 장력을 터뜨렸다.

마도 무공인 광마삼첩장(狂磨三疊掌)이었다.

활짝 펼쳐진 부연호의 손바닥이 갑자기 한 자씩 뒤로 물러나는 것을 본 석모광은 부연호가 터뜨린 장력의 정체를 감지하고 급히 오른손을 내뻗었다.

음혈마기가 스며든 오른팔은 아직 시린 기운을 내포하고 있었지만 석모광은 온 내력을 오른 손바닥에 집중시켰다.

콰앙!

극심한 충격이 오른 손바닥에 느껴졌다.

그러나 그게 다가 아니었다.

삼첩장은 갈수록 힘이 배가된다.

콰앙!

두 번째 충격이 다시 손바닥에 전해지며 오른팔의 근육이 모조리 찢겨 나가는 느낌이 들었다.

그것만으로도 이미 서 있기조차 힘들 지경이었다. 그러니 마지막 일장을 받아내면 오른팔의 모든 뼈마디가 탈골될 것 같았다.

석모광은 오른팔을 거두어들이며 왼손에 든 도끼를 놓고 양손을 필사적으로 앞으로 내밀었다.

콰앙!

마지막 일장이 두 손에 작렬하며 석모광의 신형이 쓰러질 듯 세차게 흔들렸다.

울컥!

다시 선혈이 역류하며 겨우 신형을 바로 세우려는 찰나 부연호의 신형이 그림자처럼 다가들며 무릎이 솟아올라 왔다.

석모광은 필사적으로 신형을 틀었지만 음혈마기가 스며든 채 광마삼첩장에 부딪친 몸이 말을 듣지 않았다.

"너무 늦어!"

고함과 함께 부연호의 무릎이 석모광의 옆구리를 세차게 가격했다.

가죽 자루가 터지는 듯한 파육음이 일며 석모광의 신형이 허공으로 반 장가량 떠올랐다가 바닥으로 나뒹굴었다.

"크으윽!"

석모광은 마침내 쥐어짜는 듯한 비명을 토했다.

다른 쪽 갈비뼈 몇 대도 왕창 내려앉은 느낌이었다. 내상 또한 극심한 상태로 일어설 힘조차 없었다.

겨우 상체만 일으킨 석모광은 의구심 가득한 눈으로 부연호를 노려보았다.

예전의 놈이 아니었다.

한 번도 이렇게 마주친 적은 없지만 수시로 들어오는 정보만으로도 놈의 무위는 상세하게 파악이 되었다.

그동안 이 할가량의 실력을 숨겨왔다 하더라도 이 정도는 아니었다.

석모광의 시야에 무영의 모습이 겹쳐져 왔다.

그동안 무영과 같이 다니며 놈은 한 단계 더 발전을 이룬 것이 틀림없다. 그놈 또한 이놈과 같이 다니며 마교 무학의 패도적인 힘을 흡수하고 있는 것이 분명했고…….

과연 그것이 어느 정도까지 가능할 것인가?

그 정도의 차이에 의해 강호 무림의 피바람은 결정될 것 같았다. 아니, 더 정확히 말한다면 무황성에 불어닥칠 피바람의 강도가 결정될 것 같았다.

"아직도 재미있나?"

부연호는 석모광이 떨어뜨린 도끼를 저만치 차버린 후 주저앉아 있는 석모광을 향해 천천히 다가오며 질문을 던졌다.

그의 손끝이 부르르 떨리고 있는 것으로 보아 당장에라도 죽여 버리고 싶은 심정을 겨우 억누르고 있는 모양이었다.

"재미있군. 너무 재미있어서 이젠 웃음도 나오지 않는다네."

석모광은 선혈이 줄줄 흐르는 입가를 닦을 생각도 하지 않은 채 허세를 부렸다.

"그럼 그렇게 재미있는 상태로 염왕을 알현하게. 웃는 얼굴에 침 못 뱉는다고 하니 염왕도 그 점을 참작할지 모르니까 말일세."

부연호는 극심한 분노로 인해 부르르 떨고 있던 오른손을 들어 올렸다.

일렁!

그의 오른손에 피보다 더 붉은 기류가 피어올랐다.

"지금 자네 친구가 저 꼭대기에서 누구와 만나고 있는지 궁금하지 않나?"

석모광은 비릿한 미소와 함께 부연호를 쳐다보다가 산정 쪽으로 시선을 돌렸다.

부연호는 눈살을 찌푸리며 선인봉 쪽으로 신경을 집중시켰다.

이따금씩 폭음이 들리던 선인봉 정상에서는 지금 아무런 기척도 느껴지지 않았다. 싸움이 끝났든지 아니면 소강상태에 접어들었다는 말이다.

"네놈을 죽이고 올라가 보면 알게 되겠지."

부연호는 오른손에 일렁이는 기류를 더욱 강하게 뭉쳤다.

"나 같으면 지금 즉시 뛰어올라 가보겠네. 자네 친구가 상대하는 사람은 바로 무황성주니까 말일세."

"뭣이!"

부연호가 벼락처럼 고함을 쳤다.

무황성주라니?

그가 어떻게 이곳에 직접 온단 말인가?

아무리 제자의 안위가 중요하다고 하지만 그가 직접 이곳으로 올 정도는 아니었다. 다른 사람을 내보내거나 다른 문파에 연락만 하여도 그를 도울 사람은 부지기수로 많았다.

그가 한번 무황성을 떠나 밖으로 나오는 일이 있으면 온 무황성이 뒤집히고, 더 나아가 강호 전체가 술렁거린다.

그만큼 그가 강호에서 차지하는 비중은 막대하다.

그런데 최근 어디에서도 그가 움직인다는 낌새를 느끼지 못했다.

부연호는 진위를 파악하기 위해서 석모광의 얼굴을 뚫어져라 쳐다보았다.

석모광의 얼굴에 득의의 표정 한 가닥이 번져 나갔다.

비열하기 짝이 없는 표정이기에 거짓인지 진실인지 구별이 가지 않았다.

"개수작하지 마라. 그런다고 살려줄 생각 없으니까!"

부연호는 콧방귀를 뀌며 다시 한 걸음 다가섰다.

"자네가 끝까지 몰아치면 날 죽일 수도 있겠지. 그러나 당장은 힘들 거야. 자네의 공격을 맞받아 상대하지 않고 죽기 살기로 피하며 버틴다면 반 시진은 더 견딜 수 있거든. 하지만 그사이에 자네 친구는 내 사부의 손에 피떡이 될 걸세. 아무리 그 친구가 대단하다고 해도 아직은 무황성주의 상대는 아니니까 말일세."

석모광은 땅을 짚고 신형을 일으키며 말했다.

"안 통한다니까!"

부연호는 고함과 함께 우장을 쭈욱 내밀었다.

핏빛으로 일렁거리던 기류가 커다란 공처럼 뭉쳐져 석모광을 향해 터져 나갔다.

그사이 내식을 다스린 석모광은 신법을 펼쳐 급급히 뒤로 물러나며 손을 내저었다.

퍼엉!

폭음이 터졌지만 뒤로 물러나며 마주친 장력이라 석모광은 아까보다는 훨씬 충격을 덜 받은 모습이었다.

"증거를 제시하지!"

다시 한 모금 선혈을 흘린 석모광이 다급하게 고함을 질렀다.

부연호는 잠시 공격을 멈추고 석모광을 쳐다보았다.

생긴 모습과는 전혀 다르게 비열한 놈이었지만 만에 하나라도 놈의 말이 사실이라면 이곳에서 시간을 낭비할 때가 아니었다.

"자네 친구가 봉해놓은 내 사제의 혈을 사부께서 직접 타혈시켜 주었지. 내 사제의 단전과 명문혈에 무황성주의 독문진기인 제왕금룡기(帝王金龍氣)의 흔적이 아직 남아 있을 것이야. 그걸 확인해 보게."

석모광은 사제 위건화 쪽으로 시선을 주었다.

위건화는 잡풀더미 속에 처음 처박힌 자세 그대로 널브러져 있었다.

"그사이에 도망치려는 약은 수작이겠지."

부연호는 다시 코웃음을 쳤다.

"이런 내상을 입은 상태로 도망가 봤자 얼마나 가겠나. 원한다면 내가 사제 옆에 붙어 있지."

석모광은 비틀거리는 걸음걸이로 위건화 쪽으로 걸음을 옮겨 근처 나무둥치를 방패 삼아 섰다. 그러면서도 유사시에 뒤로 훌쩍 피할 만반의 자세를 갖추고 있었다.

석모광의 행동에 부연호의 눈빛이 미세하게 흔들렸다.

저렇게 가까이 있는 상태라면 위건화의 단전에서 제왕금룡기의 기운을 확인하는 사이 놈이 도망을 친다 해도 그 즉시 따라잡아 도주로를 봉쇄할 수 있을 것이다.

"한시라도 서두르는 게 좋을 거야. 어쩌면 자네 친구는 지금 쓰러져 있을지도 모르니 말이야."

석모광은 다시 재촉했다.

"좋아, 밑져야 본전이겠지."

부연호는 훌쩍 몸을 날려 쓰러져 있는 위건화 옆에 내려섰다. 그리고는 일말의 지체도 없이 위건화의 상의를 찢었다.

위건화의 아랫배 부근이 고스란히 드러났다.

'이건?'

부연호의 눈이 크게 뜨여졌다.

위건화의 단전 부위에 찍힌 손자국에서 은은한 금광이 내비치고 있었다.

그건 석모광이 말한 제왕금룡기가 확실했다.

부연호는 그 손자국에 자신의 손을 가져다 대며 위건화의 몸을 뒤집었다.

등 뒤 명문혈에도 금광이 어린 손자국이 확연히 찍혀 있었다.

부연호는 진기를 끌어올렸다.

위건화의 단전에 남아 있던 기운이 손바닥을 통해 느껴졌다.

웅혼하면서도 대해 같은 기운!

제왕금룡기의 기운을 의심할 수 없었다.

부연호의 눈이 불길을 토해냈다.

'그렇다면?'

선인봉 정상에 나타난 인간은 단목상군이 틀림없다.

대체 무슨 영문인지는 알 수 없었지만 그가 직접 이곳에 나타난 것이다.

그라면 자신들의 이목을 감쪽같이 속이고 정상으로 오를 수 있다. 그리고 무영의 손아귀에 들어 있는 위건화와 석모광을 멀쩡하게 돌려받아 내려보낼 수도 있을 것이다.

부연호의 가슴이 세차게 방망이질을 쳤다.

석모광의 말대로 아무리 무영이라 해도 아직까지는 단목상군의 상대가 아니었다. 무영이 단목상군의 나이쯤 되면 단목상군을 훨씬 뛰어넘을 수도 있겠지만 지금은 모든 것이 부족했다.

아는 것과 실제로 행하는 것의 차이!

그것은 오랜 세월과 그만큼의 경험에 의해 결정된다.

현재 무영은 단목상군에 비해 경험과 그 경험의 축적에 있어서는 조족지혈에 불과하다.

부연호는 위건화를 내던지고 벌떡 몸을 일으켰다.

곁에서 지켜보던 석모광은 두어 발 뒤로 물러서며 부연호의 공격이 있으면 언제라도 피해낼 자세를 잡았다.

"네놈이 어떤 식으로 지금까지 살아남았는지 이해가 가는구나."

부연호는 경멸 가득한 눈으로 석모광을 쏘아보았다.

"살아남은 자가 강자라고 하더군."

석모광은 또 두어 발짝 뒤로 물러나며 말을 받았다.

"좋아, 쥐새끼처럼 악착같이 살아남아 있어라. 삶에 대한 열정이 오늘보다 몇 배는 더 강한 시기에 네놈을 죽여주마.

그럼 그 몸부림도 더 처절할 테지."

그 말과 함께 부연호는 비호처럼 산정을 향해 몸을 날렸다.

"글쎄… 앞일은 누구도 장담 못하는 것이지. 중요한 것은 어떤 식으로든 내가 살아남았다는 것이고. 그거면 된 것이야. 크하하하!"

석모광은 광소를 터뜨렸다.

울컥!

자신의 상태를 잊고 무리했는지 선혈 한 모금이 터져 나왔다.

"젠장!"

옷소매로 선혈을 닦은 석모광은 널브러져 있는 위건화를 쳐다보았다.

의식은 없었지만 기식은 순조로워 보였다.

"차라리 잘됐군."

석모광의 얼굴에 차가운 미소가 떠올랐다.

"미안하지만, 사제. 난 미정지옥에 가고 싶은 생각이 조금도 없다네. 그곳엔 자네 혼자 가게. 어차피 지옥에 갈 몸이라면 무슨 짓인들 못하겠나. 난 지금부터 자네와는 물론이고 사부와 무황성과의 모든 인연도 끊겠네. 물론 사망령이 떨어지겠지만 저 꼭대기에서 사부를 상대하는 놈과 방금 꼭대기로 쫓아 올라간 놈을 보니 사부의 피해도 만만치 않을 것 같네. 그럼 당분간은 나에게 신경 못 쓰겠지. 그 시간이 길면 길수록 좋을 것이고."

석모광은 선인봉 정상 쪽을 쳐다본 후 다시 위건화에게로 눈길을 돌렸다.

"그런데… 자넬 어쩐다?"

석모광의 차가운 얼굴에 잠시 갈등이 어렸다.

"좋아, 살려주겠네. 그것으로 그동안 자네와의 정리를 모두 청산하는 것으로 하지. 열심히 살게. 내가 누누이 말했지만 살아남은 자가 강자라네. 후후!"

나직한 웃음을 흘린 석모광은 떨어져 있는 도끼 한 자루를 집어 든 채 천천히 아래로 내려갔다.

석모광의 모습이 완전히 사라지고 난 후 쓰러져 있던 위건화의 신형이 천천히 움직이기 시작했다.

"크크!"

상체를 일으켜 세운 위건화는 쥐어짜는 듯한 웃음을 흘렸다.

"사형, 역시 당신은 강한 사람이오. 어떤 상황에서도, 그리고 어떤 수단을 써서라도 생로를 찾아내는 그 끈질긴 생명력은 무황성 대제자로서의 자격이 충분하오. 하지만 왠지 겁이 나지 않는 것은 어쩐 이유일까요? 저 꼭대기에 있는 그놈에게서는 온몸이 얼어붙을 정도로 공포감을 느꼈는데 말이오."

위건화는 산정을 향해 잠시 고개를 돌렸다가 다시 석모광이 사라진 쪽을 바라보았다.

"그건 아마도 타고난 기질의 차이겠지요. 아무리 살아남은 자가 강자라 해도 기질까지 강자일 수는 없는 것이니까요. 그런 것은 평소에는 전혀 드러나지 않지만 극한 상황이 되면 드러나지요. 당신의 기질은 덩치에 어울리지 않게 쥐새끼를 너무 많이 닮았소. 그러니 겁이 안 날 수밖에. 후후후!"

위건화는 비릿한 웃음을 토한 후 신형을 일으켰다.

그러나 기운이 빠질 대로 빠져 버린 그의 몸은 의지와는 상관없이 도로 쓰러졌다.

누운 자세 그대로 잠시 하늘을 쳐다보며 심호흡을 하던 위건화는 단전으로 진기를 이끌었다.

단전이 호두 껍질처럼 쪼그라들어 몇 모금의 호흡도 제대로 담지 못할 정도였다.

위건화의 얼굴에 절망감이 어렸다.

이런 상태라면 평범한 초부의 몽둥이질도 막아내지 못할 것이다. 또한 정상적인 방법으로는 예전의 힘을 되찾을 수 없을 것 같았다.

억지로 몇 번 더 호흡을 단전으로 이끈 위건화의 얼굴에 비장한 기운이 어렸다.

"무황성 뇌옥이 어떤 곳인지 그동안 내내 궁금했는데 이젠 내가 가보아야겠군. 수십 마리의 이무기가 갇혀 있는 곳이니 그 이무기들의 내단을 모조리 취하기만 한다면 예전의 힘을 되찾을 수도 있겠지."

위건화는 이를 악물고 일어섰다.

몇 번의 운기가 실낱같은 기운이나마 끌어올리게 하여 아까처럼 쓰러지지는 않았다.

"후후!"

허탈한 웃음을 흘린 위건화는 천천히 하산하기 시작했다.

第六十二章

혈투(血鬪)

장홍관인

우우웅—

단목상군의 손에서 뻗어 나온 장력은 마치 해일이라도 된 듯 무영을 향해 거세게 몰아쳤다.

파황객의 진전을 이어받은 무영의 실력을 파악하기 위해 뿌리던 지금까지의 장력과는 비교되지 않을 정도로 강한 파괴력이 내재된 장력이었다.

장력이 발출되는 순간 무영은 슬쩍 어깨를 흔들었다.

어깨는 가볍게 움직였지만 그 어깨를 따르는 신형은 마치 섬전과 같았다.

츄아악!

무영의 신형이 그 자리에서 병풍이 펴지듯 주르륵 펼쳐지며 수십 개의 환영을 만들었다.

너무나 짧은 순간에 펼쳐진 절정의 환영술이었다.

단목상군의 눈 사이가 좁혀졌다.

지금 무영의 수법은 이제까지 펼치던 마교의 무공이 아니었다. 또한 상문의 수법도 아니었다.

그것은 사도맹의 팔면귀영(八面鬼影)이라는 환영술이었다.

사도맹에서도 익힌 사람이 몇 되지 않는다는 절정의 환영술로, 어느 것이 환영이고 어느 것이 실체인지 도저히 구별되지 않아 한때 정파인들에게는 공포의 대상이었다.

그것이 지금 무영에게서 고스란히 재현되고 있었다.

'사도맹의 여인이 정인이었다더니 마교의 무공보다 사도맹의 무공을 더 능란하게 익혔군.'

단목상군은 장력을 내뻗었던 손을 슬쩍 흔들었다. 그러자 해일처럼 쇄도하던 장력이 수십 가닥으로 갈라지며 무영이 만들어낸 각각의 분신을 향해 뻗어나갔다.

퍼퍼퍼퍽!

작은 돌멩이가 문종이를 뚫는 듯한 소리가 연속으로 터져나왔다.

그것이 팔면귀영의 특징이었다.

환영이되 절대로 환영으로 느껴지지 않는 수법!

지금 역시 개개의 환영에서 모두 실체감이 느껴지고 있

었다.

츠츠츠츠—

단목상군의 분리된 장력에 격중되어 사라질 듯하던 무영의 신형이 몇 배나 더 많은 분신을 만들어내며 이번에는 사방으로 단목상군을 둘러쌌다.

단목상군의 얼굴이 와락 찌푸려졌다.

자신이 터뜨린 장력에 단 한 개의 환영도 남김없이 모두 격중되었다. 그렇다면 유일한 실체 역시 가격되었다는 말인데 아무런 흔들림 없이 팔면귀영술이 다시 펼쳐지고 있었다.

팔면귀영술은 많은 환영 중 한 개는 분명한 실체이다.

그 실체에 의존해 수많은 환영이 생겨나고, 어느 것이 실체인지 도저히 구분되지 않게 한꺼번에 덮쳐드는 것이다.

그런데 지금 수많은 환영 속에는 실체가 존재하지 않았다. 아니, 전부가 실체였다.

'이건 팔면귀영술이 아니다.'

사도맹의 팔면귀영을 닮았지만 그것이 아니었다.

팔면귀영술에 상문의 수법이 스며든 것이 틀림없었다.

스스스!

병풍처럼 늘어난 무영의 신형이 다시 하나로 합쳐지는가 싶더니 이번에는 반대쪽으로 두 개, 세 개로 늘어나다 다시 하나로, 다시 두 개, 세 개로 늘어나며 마치 세차게 당겼다 놓은 활시위처럼 진동했다.

환술 같기도, 극쾌의 신법 같기도 했다.

실체인가 싶으면 어느새 환영 같고, 환영인가 싶으면 실체 같았다.

대낮에 술에 취해 머리부터 땅바닥에 세차게 처박고 일어서서 사물을 보면 사물이 두 개, 세 개로 보이는 것과 흡사했다.

단목상군은 손을 쭈욱 내밀며 손가락을 세차게 튕겼다.

피피피피핑!

손가락 다섯 개에 실린 제각각의 기운이 날카로운 쇠꼬챙이처럼 쏘아져 나갔다.

오지산화(五指散花)라는 지풍의 수법이었다.

스스스스!

쉴 새 없이 진동하던 무영의 신형이 순식간에 하나로 모여지며 모래바람 같은 회갈색의 그림자가 신형을 뒤덮었다.

스스스스!

회갈색 그림자는 끊임없이 허물거리며 실체를 감싸 안았다. 그 그림자 속에서 실체는 종적이 묘연했다.

"꺼져라!"

단목상군은 눈살을 찌푸리며 장력을 퍼부었다.

퍼억!

마치 흙으로 만든 인형이 박살 나는 것 같은 소리가 터져 나오며 실제로도 흙먼지가 포연처럼 자욱하게 피어올랐다.

그리고 어느새 무영의 신형은 보이지 않았다.

흙먼지 속에서 순식간에 은둔술을 펼친 것이다.

"요사스럽기 짝이 없는 놈!"

단목상군은 고함과 함께 감각을 끌어올렸다.

은둔술과 함께 귀식대법이라도 펼쳤는지 무영의 기척은 쥐꼬리만큼도 느껴지지 않았다.

미세한 기척이 뒤쪽 땅속에서 느껴졌다.

파앙!

단목상군은 반사적으로 몸을 틀며 땅을 향해 천균압타(千鈞壓駝)의 일장을 날렸다.

땅이 진동하며 땅거죽이 포탄의 파편처럼 튀어 올랐다. 뒤이어 자욱한 흙먼지가 먹구름처럼 사방을 덮었다.

팔랑!

미세한 기척은 한 장의 부적으로 허공에 나부꼈다.

땅속에서 느껴졌던 기척은 허공에 나부끼는 부적에서 흘러나온 것이었다.

단목상군의 뇌리에 경종이 울렸다.

부적으로 기척을 속이며 실체는 전혀 다른 곳에서 튀어나올 것이다.

쐐액!

흙먼지 속에서 단목상군의 가슴을 향해 강력한 일장이 밀려왔다.

예상대로 땅속의 인기척은 한 장의 부적이 만들어내는 속임수였다.

실체는 다른 곳에 숨어 있었던 것이다.

단목상군은 최대한 호신강기를 끌어올리며 쌍장을 내밀었다.

콰앙!

산정을 뒤흔들 듯한 폭음이 일며 충격파가 사방으로 터져나갔다. 그 충격파를 따라 흙먼지는 또 한 번 거세게 치솟아올랐다.

주르르—

단목상군의 신형이 반 자가량 뒤로 밀려났다.

그때까지도 무영의 실체는 나타나지 않았다.

단목상군은 도저히 믿어지지 않는 사실에 두 눈을 부릅떴다.

팔면귀영의 수법을 제대로 파헤치지 못하고 무영의 실체를 놓친 때문이 아니었다.

방금 자신이 마주한 장력!

그것은 마련의 것도 사도맹의 것도 아니었다.

정종무공의 기운을 느끼게 하는 강력한 일장이었다.

얼핏 무당의 태을장(太乙掌)을 닮은 것도 같았다.

태을장의 면면부절하고 웅혼한 위력이 고스란히 느껴지면서도 그 안에 정종무공으로는 불가능한 파괴적인 기운이 스며 있었다.

그 파괴적인 기운에 자신의 신형이 반 자나 뒤로 밀려난 것이다.

후두두둑!

허공으로 치솟아올랐던 흙더미와 작은 돌멩이들이 바닥으로 쏟아져 내렸다. 그리고 포연처럼 사방을 뒤덮었던 먼지들이 사라졌다.

"역시 무황성의 주인답군!"

처음부터 그 자리에 있었던 것처럼 우뚝 선 무영이 짧은 찬사를 던졌다.

단목상군은 차갑게 가라앉은 눈으로 무영의 신형을 살폈다.

조금 전 서로의 장력을 마주하며 자신이 뒤로 밀려난 만큼 무영 역시 그랬는지 밀려난 자국이 있었다. 그러나 그 파인 자국은 결코 자신의 것보다 길지 않았다.

'이 자리에서 기필코 죽여야 할 놈이다!'

단목상군의 눈빛이 더욱 깊게 가라앉았다.

저 어린 나이에 이런 정도의 무공을 펼치는 놈이라면 차후엔 감당 못할 이무기가 될 것이 자명했다.

상문의 무공은 생각보다 훨씬 예측불허하고 위험했다.

처음에는 마교의 무공으로 자신의 장력을 막다가 순식간에 사도맹의 무공을 펼치며 환술 공격을 했다. 그리고 마지막 순간 내뻗은 장력은 무당의 태을장을 떠올리게 만들었다.

정, 사, 마의 무공을 골고루 접목한 듯했지만 절대로 그것만이 아니었다. 그 속에는 그 무공들에서 볼 수 없는 강력한 기운이 섞여 있었다.

"그것이 파황객의 무공이냐?"

단목상군은 가라앉은 음성으로 물었다.

"글쎄… 꼭 그렇다고 하기엔 좀 어폐가 있고… 그냥 내 무공이라는 답이 더 정확할 것 같소."

무영은 담담한 음성으로 답했다.

단목상군의 표정이 조금 더 굳어졌다.

파황객의 무공이 아니라 자신의 무공이라는 말!

그것은 무영이 이미 파황객을 뛰어넘을 준비를 하고 있다는 뜻이었다.

"그렇다면 더욱 살려놓을 수가 없구나."

단목상군이 무황성 식솔들에게 사망령을 내리듯 말했다.

"안 그럼 살려줄 생각이었소?"

"자질이 너무 아까워 한 번쯤은 더 설득을 해보려 했지."

"당신 자질도 아주 탐나는 수준이오."

무영은 피식 미소를 지었다.

"고얀!"

단목상군의 볼살이 부르르 떨렸다.

단목상군은 천천히 독문의 진기를 끌어올렸다. 그리고는

양손 가득 그 진기를 뭉쳤다.

우우웅!

단목상군의 손이 서서히 황금빛으로 물들었다. 뒤이어 그의 몸 전체가 금빛 광채에 휩싸여 갔다.

그것은 단목상군의 독문절기인 금룡파천장(金龍破天掌)을 펼치기 직전에 일어나는 현상이었다.

단 한 번의 출수에 하늘마저도 파괴해 버린다는 금룡파천장은 이제껏 딱 두 번 세상에 모습을 드러냈다.

한 번은 단목상군이 초대 무황성주 초일부로부터 후계자로 지정된 직후였다.

초일부의 절기를 모두 이어받은 단목상군은 무황성의 모든 사람들이 지켜보는 가운데서 금룡파천장을 시연했다.

그것은 무황성의 다음 주인으로서 그 자격을 스스로 공표하는 것이고, 또 그럼으로 해서 모든 무황성 사람들로부터 인정을 받는 정해진 행사였다.

그때 단목상군은 완벽한 금룡파천장을 펼쳤다.

대전에 마련된 거대한 바위가 박살 나며 가루가 되어 흩날렸다. 그리고 그 바위 가루에는 금빛이 가득했다.

단목상군의 신위를 지켜보던 무황성 수뇌부는 그가 초일부의 나이가 되면 초일부를 한참 뛰어넘을 것이라는 판단을 하며 경외감과 좌절감을 동시에 느꼈다.

그들은 아직 젊은 나이에 그런 정도의 신위를 내보이는 단목상군에 대해 한 사람의 무인으로서 어쩔 수 없는 경외감을 느꼈다. 그러나 그와 동시에 도저히 넘을 수 없는 벽을 마주하는 것 같아 큰 좌절감을 느낀 것이다.

결혼하지 않고 후손을 두지 않은 초일부가 제자들 중에서 후계를 정하는 것은 당연한 일이었지만 아무리 아끼는 제자라 해도 자식만큼은 될 수 없었다. 그렇기에 그 후계의 자리는 초일부가 아들이 있어 그에게 물려주는 것만큼 공고한 것은 아니었다.

누군가 더 뛰어난 능력을 발휘하면 언제든지 그 자리를 차지할 수 있는 일이었다.

그런 흑심들을 품고 단목상군을 지켜보았는데 단목상군의 자질은 애초에 그런 생각의 싹을 자를 만큼 뛰어났다.

결국 그는 그때 뿌린 금룡파천장 한 방으로 차기 무황성주로서의 모든 권위를 인정받은 것이다.

그리고 두 번째는 그가 무황성주의 자리에 오르고 내부 정리를 하는 과정에서 부딪친 대장로 묵사림(墨砂臨)과의 대결에서였다.

초일부가 무황성주로 있을 때 성주 다음으로 강한 무공과 함께 많은 지지자를 확보하고 있던 묵사림이었다. 그는 초일부가 죽은 후 차기 무황성주가 된 단목상군이 무황성의 분산된 모든 힘을 자신에게로 집중시키려 하자 반기를 들었다.

그때가 급속도로 양적인 팽창을 한 무황성이 분열될 뻔한 가장 위험한 시기였다.

무황성의 모든 세력이 단목상군과 묵사림의 추종 세력으로 양분되었고, 그 각자 세력이 내포한 힘은 우열을 가릴 수 없을 정도로 팽팽했다.

그때 자칫 전면전으로 치달렸다면 지금의 무황성은 존재하지 않았을 것이다.

단목상군은 그때 자신의 모든 기득권을 포기하고 한 명의 무인 대 무인의 대결로 모든 것을 결정짓자는 말과 함께 그 승자가 무황성주 자리를 차지하자는 제안을 했다.

묵사림으로서는 조금도 손해 보는 장사가 아니었다. 아니, 어쩌면 그가 가장 바라는 일이었다.

피 터지는 내분을 겪고 다 부서진 잔해만 남은 무황성의 성주가 되면 무얼 하겠는가?

그럴 바에야 차라리 자신의 추종 세력을 데리고 나가서 따로 문파를 하나 차리는 것이 훨씬 낫다.

하지만 그것은 강호의 기득권 세력이 절대로 용인하지 않을 것이다.

그들은 무황성 하나만으로도 벅찬데 또 다른 무황성이 생기는 것은 바라지 않을 것이고, 온갖 방법으로 방해해서 결국 사면초가에 빠지게 될 것이 자명했다.

그랬기에 단목상군의 제안은 묵사림에게 있어 목구멍에서 손이 튀어나올 만한 것이었다.

자신이 패해서 죽는다면 그것으로 여한은 없을 것이며, 이긴다면 만인지상이 되는 것이다. 그리고 아무리 단목상군이 뛰어나다 할지라도 자신의 눈에는 애송이로밖에 보이지 않았다.

결국 두 사람의 대결은 모든 무황성 사람들이 지켜보는 가운데서 벌어졌다.

오십 합을 겨뤄도 평평한 균형을 유지한 채 우열이 드러나지 않았다. 그리고 또다시 오십 합이 이루어졌을 때 미세하게나마 묵사림이 밀리는 기색을 보였다.

초조해진 묵사림은 자신의 최고 절기인 수미산장(須彌山掌)을 내뻗었다.

수미산장은 그가 평생에 걸쳐 수련한 장법으로, 그의 구명절초라 할 수 있었다. 그러면서도 이십대 초반에 단 한 번밖에 펼친 적이 없어 더욱 공포심을 자극하는 장법이었다.

그러나 그 장법은 단목상군이 펼친 금룡파천장에 철저히 분쇄되어 버렸다. 또한 그 여파로 인해 묵사림은 적지 않은 내상을 입고 바닥을 뒹굴었다.

승부는 그것으로 가려졌다.

대장로 묵사림은 그 자리에서 효수되었고, 바야흐로 단목상군이 무황성의 진정한 주인이 된 것이다.

그 금룡파천장이 지금 무영을 향해 펼쳐지려는 것이다.

"하앗!"

손에서 시작된 금광이 온몸을 뒤덮는 순간 단목상군은 기합성과 함께 두 손을 세차게 뻗었다.

콰아앙!

단목상군의 쌍장에서 터져 나온 장력이 태양빛마저 차단할 정도로 찬란한 황금빛을 내뿜으며 무영의 전신을 휩쓸어 갔다.

자신의 모든 것을 다 쏟아붓지 않으면 승리를 장담할 수 없다고 판단한 단목상군은 곧바로 금룡파천장을 펼쳐 무영을 제압하려 하고 있었다.

금룡파천장이 펼쳐지는 순간부터 무영은 자신의 주변이, 아니, 온 세상이 금빛으로 물이 든 것 같은 기분을 느꼈다.

금룡파천장의 금빛 광채 속으로는 빛 한 점도 새어들지 못하고 바람 한 점도 빠져나가지 못할 것 같았다.

무영의 이마에서 한 줄기 땀방울이 흘러내렸다.

현 무림 일인자라 할 수 있는 단목상군의 강력한 일장!

그것을 지금 맞받아야 하는 상황이다.

자신이 없는 것은 아니다.

겁이 나는 것은 더더욱 아니다.

문제는 자신의 내부에 쌓인 기운이 완벽하지 않다는 것이다.

저 강력한 기운과 마주친 후 자신의 내부에 깊이 눌러둔 파괴의 기운이 폭주하면 결과를 예측할 수가 없다.

지금까지는 그럴 만한 상대를 만나지 못했기에 잔잔했지만 단목상군은 넘치는 상대였다.

파황객 조사님과 화산의 조사이신 신검 백진한은 그 파멸의 기운에 휩쓸려 생을 마감했을 것이다.

그분들의 연구와 상문 문도들의 피나는 노력 끝에 무당의 현천심공과 소림의 반선심공으로 그 파멸의 기운을 몰아낼 방법을 찾았지만 그것을 시도해 보기도 전에 단목상군과 이렇게 마주한 것이다.

'최대한 조심해서 해보는 수밖에!'

결심을 굳힌 무영은 어느 순간 두 팔을 움직이며 한 손으로는 하늘을 떠받치고 다른 한 손으로는 땅을 밀쳐 내는 자세를 잡았다.

천주부동!

지금 무영의 자세는 마치 거대한 기둥이 무너져서 맞닿으려는 하늘과 땅을 떠받치는 형상이었다.

양손을 쭈욱 뻗어 마지막 힘을 쏟고 있는 단목상군의 눈동자가 미미하게 흔들렸다.

저 자세는 공격을 하기보다는 수비를 하기 위한 것이었다.

천지의 기운을 한 몸에 모아 호신강기를 끌어올려 자신의 장력을 막아내겠다는 뜻이다.

감히!

그것이 가능할까?

그런데……?

천주부동의 자세로 하늘과 땅을 떠받치며 한 개의 기둥이 되었던 무영의 신형에서 갑자기 짙은 묵광이 어리며 무영을 완전히 가려 버렸다.

그 묵광을 향해 단목상군의 금룡파천장이 작렬했다.

콰앙!

천지가 번복하는 굉음이 울리며 두 가지 기운이 서로 상쇄되었다. 그러나 구름처럼 피어나 온통 사방을 뒤덮은 흙더미와 먼지는 오히려 더 짙은 기운으로 두 사람을 감쌌다.

잠시 후 흙먼지마저 선인봉 정상에서 부는 세찬 바람에 쓸려가고 두 사람의 모습이 드러났다.

단목상군은 두 손을 활짝 펼쳐 내민 자세 그대로였고, 무영 역시 하늘과 땅을 떠받친 자세 그대로였다.

달라진 것이 있다면 두 사람의 위치가 처음보다 다시 두어 발짝씩 뒤로 밀려났다는 것이다. 그 밀린 자국이 반 자쯤 깊이로 길게 고랑이 파여 있었다.

"믿어지지가 않는군."

한참 후 단목상군이 낮은 음성으로 말했다.

목소리는 지극히 담담했지만 그의 눈에는 불신의 빛이 가득했다.

자신의 독문절기를 호신강기만으로 막아내다니, 아니, 강호에서 자신의 금룡파천장을 견딜 만한 호신강기가 있다니?

그건 말이 되지 않는 일이었다.

단목상군은 거듭 불신의 눈으로 무영을 쳐다보았다.

저 어린놈이 어떻게 저런 정도의 무공을 익혔단 말인가?

그건 도저히 불가능하다. 그런 인간이 있을 수 있다고는 생각해 보지 않았다.

그러나,

파황객이라면?

그건 말이 될 수도 있었다.

자신은 지금 파황객의 후예와 일전을 벌인 것이다.

그라면 이런 방식으로 자신의 절기를 상대할 수도 있을 것이다.

너무 어린 무영의 모습 때문에 자꾸만 그것을 간과하고 있었다.

"그게 당신이 펼칠 수 있는 극한이오?"

하늘과 땅을 떠받치고 있던 무영이 두 팔을 내리고 무감동한 음성으로 질문을 던졌다. 그러나 안색은 파리하게 변해 있었다.

"이것이 내가 뿌릴 수 있는 극한이라면 이 자리에서 죽어야겠지?"

단목상군은 흐릿한 미소와 함께 답했다.

"그럼 계속 펼쳐 보시오."

무영은 차가운 미소를 지었다.

순간 무영의 표정이 미세하게 찌푸려졌다.

울렁!

자신의 의지와 상관없이 단전이 요동을 치는 느낌을 받았다.

단목상군의 독문절기인 금룡파천장과 마주치며 극강의 공력을 운기한 때문이었다. 그것이 단전 밑바닥에 가라앉혀 두었던 활화산 같은 기운을 건드린 모양이었다.

第六十三章

파괴의 화신

정용권인

무영은 낮은 호흡으로 출렁거리는 기운을 억눌렀다.

요동치던 기운이 서서히 가라앉았다.

아직까지는 억누를 수 있었지만 언제까지 가능할지 자신이 없었다.

'속전속결!'

마음을 굳힌 무영은 우수를 쭈욱 뻗었다.

그의 오른손이 순식간에 수십 배는 더 크게 변하며 단목상군을 향해 덮쳐 갔다.

"이젠 밀종의 수법까지 쓰는구나!"

단목상군은 대원삼장(大元三掌)을 펼쳐 갔다.

내력의 소모가 극심한 금룡파천장을 계속 펼칠 수는 없는 일이었다.

콰앙!

멍석처럼 크게 변해 덮쳐 오던 무영의 손이 주춤 뒤로 밀려나는 것 같았다.

그 손이 다시 거대한 압력과 함께 단목상군의 정수리를 찍어 눌러왔다.

단목상군의 표정이 창백하게 변했다.

밀종대수인 같았지만 절대로 그것이 아니었다.

대수인에서는 느낄 수 없는 허허로운 기운이 감돌았고, 그런 속에서 느닷없이 날카로운 경기가 쏟아졌다.

퍼엉—

연속으로 펼친 대원삼장에 거대한 손 그림자가 부딪치며 찌르는 듯한 통증이 단목상군의 손목을 통해 어깨까지 전해졌다.

단목상군은 자신도 모르게 눈살을 찌푸렸다.

백도무림 일인자로서는 상상도 하지 못했던 경험이기 때문이다.

대원삼장이 통하지 않았고 오히려 밀려나는 기분이 들었다.

아무리 하늘 위에 또 다른 하늘이 있고 하늘 밖에 또 다른 하늘이 있다지만 이건 믿을 수 없었다.

우우웅—

대원삼장에 마주치며 잠시 멀어져 가는 듯했던 손 그림자가 다시 무거운 기세로 내리찍어 오고 있었다.

"하앗!"

단목상군은 한꺼번에 세 번의 장력을 연달아 터뜨렸다.

그 순간 멍석만큼 거대하게 확대되었던 무영의 손이 순식간에 원래의 모습으로 되돌아오며 단목상군의 가슴을 두드려갔다.

거대한 손을 향해 연속 세 번의 장력을 발출했던 단목상군이 신속히 펼친 기운을 갈무리하며 무영의 장력을 맞받아쳐갔다. 그러나 무영의 손은 어느새 단목상군의 어깨를 가격하고 있었다.

퍼억!

단목상군의 상체가 휘청 뒤로 꺾였다. 동시에 그의 얼굴이 야차처럼 변했다.

자신이 누군가에게 일격을 당하다니!

"이놈! 찢어 죽이겠다!"

뇌성처럼 고함을 친 단목상군이 발끝으로 땅을 박찼다.

순식간에 단목상군의 신형이 허공으로 떠올랐다. 그리고는 대붕전시(大鵬展翅)의 수법으로 양팔을 활짝 벌린 채 무영을 향해 떨어져 내렸다.

우우웅!

온 하늘이 철판으로 변해 내리누르는 듯한 압력이 느껴졌다.

흡사 하늘과 땅이 맞붙어 그 사이에 있는 모든 것을 압사시켜 버릴 것 같은 느낌이었다.

울렁!

무영의 단전이 다시 출렁거렸다.

강한 상대를 맞이하여 더 강하게 터져 나오려는 용암 같은 기운이 들끓고 있었다.

그 기운은 스스로 파멸할지언정 패배를 인정하지 않았다. 또한 일단 터져 나오면 파국을 맞이하기 전에는 멈추지도 않았다.

아직까지 완전히 다스릴 수 없는 그것이 터져 나오면 상대를 파멸시키기 전에 자신부터 먼저 파멸될 것이다.

무영은 다시 한 번 요동치는 단전을 억누르며 양손을 말아 쥐었다가 세차게 펼쳤다.

피피피핑—

무영의 열 손가락에서 얼음송곳 같은 강기가 활짝 펼친 단목상군의 날개를 향해 쏟아져 갔다.

퍼퍼퍼퍽!

얼음송곳에 거대한 얼음 장벽이 깨어지듯 대봉의 날개처럼 단목상군의 양팔에 어려 있던 기운이 갈가리 찢겨져 나갔다.

"이놈!"

단목상군은 이를 갈며 포효했다.

공격도 해보기 전에 자신이 끌어올린 기운이 이렇게 스러지는 경험은 처음이었다.

이건 숫제 치욕이나 마찬가지였다.

단목상군은 활짝 펼쳤던 두 팔을 가슴 앞으로 모으며 허공에 뜬 상태로 강하게 일권을 내려찍었다.

콰아앙—

선인봉이 무너져 내릴 것 같은 굉음과 함께 단목상군의 권경이 무영의 가슴을 향해 터져 나갔다.

무영은 왼손으로는 자신의 단전을 누르며 오른손을 쭈욱 뻗었다.

퍼엉—

다시 선인봉 정상의 흙먼지가 튀어 올랐다. 그 사이로 단목상군의 신형이 유령처럼 쇄도해 들었다.

단전에 대고 있던 손을 떼어낸 무영이 양손을 교차하며 어지럽게 흔들었다.

자욱한 손 그림자가 쇄도해 드는 단목상군의 상체 대혈을 향해 꽂히듯이 날아들었다.

신속히 상체를 비튼 단목상군이 기합성과 함께 손을 뻗어 그대로 무영의 가슴을 쳐왔다.

살을 주고 뼈를 취하겠다는 수법이었다.

퍼퍼퍼퍽!

단목상군의 상체 여러 곳에서 선혈이 튀었다. 그러나 그곳은 상체를 교묘히 비튼 관계로 치명적인 대혈은 피했다. 단목상군은 그것을 감수하고 무영의 심장을 향해 그대로 공격해 들어오는 것이다.

수많은 경험에 의한 실전 수법이었다.

슈아악!

단목상군의 손이 이글거리는 숯불에 달군 쇠뭉치처럼 벌겋게 변하며 바람처럼 쇄도해 들었다.

피하기에는 너무나 쾌속한 일대종사의 장력이었다.

무영은 신속히 신형을 비틀며 단전에 고인 모든 진기를 끌어올려 호신강기를 펼쳤다.

퍼억!

무영의 가슴 어림에서 파육음이 터졌다.

혼신의 힘으로 호신강기를 펼쳤기에 가슴이 터지거나 갈비뼈가 내려앉지는 않았지만 천 근 바위에 부딪친 듯한 강렬한 충격이 온 전신을 휘감았다.

주르르—

무영의 신형이 일 장도 넘게 뒤로 밀려난 후 그 자리에 섰다.

단목상군이 질린 표정으로 무영을 쳐다보았다.

가슴이 파열되고 혼백마저 산산이 흩어져도 시원찮을 상

황인데 무영은 여전히 그 자리에 서 있었다.

단목상군은 긴 호흡을 이끌며 진기를 다스렸다.

비록 쓰러지지는 않았지만 가슴에 정통으로 일격을 맞았으니 절대로 정상일 수는 없다. 모르긴 해도 심장이 터지는 듯한 충격으로 숨도 제대로 쉬기 힘들 것이다.

이젠 천천히 사냥을 하듯 몰아가면 된다.

단목상군은 차가운 시선을 무영에게 고정시켰다.

울렁!

무영의 얼굴이 일그러졌다.

단전 밑바닥에 가라앉아 있던 용암 같은 기운이 서서히 자신의 통제를 벗어나려 하고 있었다.

무영은 최대한 낮은 호흡으로 진기를 이끌었다. 그러나 단전은 주체할 수 없이 요동쳤다. 분기를 이기지 못한 광폭한 기운이 광분하고 있었다.

이제껏 온갖 방법으로 억눌러 두었던 악마적인 힘이 파괴의 장을 찾아 날뛰기 시작한 것이다.

쿠르릉—

통제를 완전히 벗어난 용암 같은 기운이 전신 혈도를 휘돌았다.

'으윽!'

무영은 짤막한 비명을 삼켰다.

주변의 모든 것을 파괴하고 자신마저 파괴시키고 마는 파멸의 기운!
그 기운이 도저히 제어할 수 없는 불길이 되어 온몸을, 더 나아가 온 영혼까지 휘감았다.
"크르르―"
마침내 무영의 입에서 맹수의 포효 같은 신음이 새어 나왔다. 어느새 그의 눈이 시뻘겋게 충혈되어 있었다.
"네놈을 짓이겨 놓겠다."
무영의 목소리가 광폭하게 터져 나왔다.
말투 역시 완전히 달라져 있었다.
단목상군의 눈에 당혹감이 어렸다.
이글거리는 눈동자!
온몸으로 피어오르는 활화산 같은 기운!
이제까지의 무영이 아니었다.
전혀 딴사람 같았고, 갑자기 괴물로 변한 것 같았다.
"죽어라!"
훨씬 더 광폭한 음성과 함께 무영이 주먹을 내뻗었다.
쿠아앙!
무영의 주먹에서 태산을 무너뜨릴 만한 강력한 경력이 쏟아져 나왔다.
단목상군은 혼란스런 표정과 함께 같이 쌍장을 터뜨렸다.
콰앙―
거대한 폭음이 일며 단목상군의 눈이 두 배로 크게 뜨여졌다.

두 손바닥을 통해 느껴지는 충격은 팔을 탈골시킬 듯 강맹했다. 또한 그 권경은 수비를 도외시한 공격 일변도의 파괴적인 것이었다.

만약 이 경력을 흩어버리고 역공을 취한다면 놈의 가슴을 터뜨려 버릴 수 있을 것 같았다.

그러나 그것은 지극히 위험했다.

무영이 지금 뻗은 권경은 흩어버리고 역공을 취한다는 생각 자체를 불가능하게 할 만큼 폭발적이었다.

"하앗!"

무영이 기합성과 함께 이번에는 양손을 활짝 펴며 연달아 흔들었다.

파파파팡!

연속적으로 장력이 터져 나왔다.

가공할 첩장이었다.

"하압!"

단목상군은 황급히 팔을 들어 올려 양손을 쭈욱 뻗었다.

좀 전에 무영이 뻗어온 권경을 마주치며 받은 충격이 가시지 않아 대처가 조금 늦은 것이다.

콰앙—

바위로 손바닥을 두드리는 듯한 충격이 전해졌다. 또한 그 충격 속에서 심혼을 뒤흔드는 주술의 힘마저 느껴졌다.

그야말로 심신 양면을 파괴시키는 공격이었다.

사부 초일부로부터 모든 것을 이어받은 후 이런 충격을 마주할 것이라고는 상상도 하지 못했다.

파황객!

이것이야말로 파황객의 진면목이었다.

콰앙!

두 번째 첩장이 다시 손바닥을 두드렸다.

그것에는 아까보다 더 강한 역도가 실려 있었다.

콰앙!

다시 한 번의 첩장이 손바닥에서 터졌다.

마지막 힘이 실린 장력답게 단목상군의 심장 한곳에 쇠망치로 두드린 듯한 충격이 전해져 왔다.

"크윽!"

마침내 단말마의 비명을 토한 단목상군은 급급히 뒤로 밀려났다.

도저히 맞설 수 없는 파괴적인 기운은 온통 심장을 터뜨릴 듯했다.

털썩!

단목상군은 마침내 바닥에 주저앉았다.

쿵쿵!

심장이 파열될 듯 방망이질 치고 내부가 온통 진탕되었다. 뒤이어 진기의 흐름마저 제대로 이어지지 않았다.

주르르—

입에서 선혈이 흘러나왔다.

단목상군의 얼굴이 야차처럼 일그러졌다.

누군가와의 대결에서 자신이 이렇게 바닥에 엉덩방아를 찧다니?

도저히 인정할 수 없었다.

"이런… 쳐 죽일!"

단목상군은 주체할 수 없는 분노로 이글거리는 눈을 부릅뜬 채 몸을 일으켰다.

휘청!

혈맥이 온통 파열될 듯 진탕하는 바람에 신형을 바로잡지 못한 단목상군은 다시 바닥에 손을 짚었다.

파아앙—

파괴의 기운을 담은 장력 한줄기가 또다시 단목상군을 향해 밀려들었다.

일어서지도 못하는 상태에서 저것을 마주하면 심맥이 모조리 터져 나갈 것이다.

단목상군은 그대로 신형을 옆으로 굴렸다.

콰앙!

단목상군이 손을 짚고 엎드려 있던 자리가 터져 오르며 커다란 웅덩이가 생겼다. 그 웅덩이에서 솟아오른 흙더미가 사방으로 흩어져 나갔다.

"이, 이놈!"

단목상군은 기가 막힌 심정에 할 말을 제대로 잇지 못하고 무영을 쳐다보았다.

자신이 이런 상황에 처할 것이라고는 꿈에도 생각해 본 적이 없는 단목상군이다.

새파란 애송이와의 대결에서 충격을 받고 엉덩방아를 찧은 후 그것도 모자라 바닥을 굴렀다.

게으른 당나귀, 또는 미친 당나귀가 바닥을 구른다는 뇌려타곤(雷驢駝滾)의 수법!

강호 초출이라도 수치로 여기는 치욕적인 수법이었다. 그것을 무황성의 성주 단목상군이 펼친 것이다.

만약 누군가 다른 사람이 지금의 자신의 이 꼴을 보았다면…….

자살을 하고도 모자랄 일이었다.

이를 뿌드득 갈며 겨우 일어나 앉은 단목상군은 세차게 진기를 이끌었다.

여전히 진기의 흐름은 원활하지 못했다.

혈맥 이곳저곳에서는 터질 듯 아우성을 쳤고 그 안을 흐르는 진기는 폭주하다 멈추기를 반복했다.

단목상군은 최대한 호흡을 낮고 길게 이끌어 진탕하는 내부를 다스렸다.

쿵!

쿵!

땅을 울리는 발걸음 소리와 함께 무영이 다가왔다.

"모조리 죽이겠다!"

무영의 목소리가 천 길 절벽 아래에서 불어오는 바람 소리처럼 사방에 메아리쳤다.

"모조리……."

무영은 악령처럼 중얼거리며 단목상군을 향해 걸어왔다.

이지를 잃은 듯한 그의 눈에는 횃불 같은 귀화가 이글거리고 있었고, 머리카락은 모두 쇠침처럼 하늘을 향해 치솟았다. 또한 의복은 그의 몸에서 터져 나오는 기파를 감당하지 못하고 곳곳에서 터져 나가며 폭풍을 만난 듯이 펄럭거렸다.

무영이 다시 손을 들어 올렸다.

우우웅!

그의 손에 태산이라도 찍어 누를 듯한 경기가 어렸다.

그 손에 깔리면 선인봉 봉우리와 함께 무너져 버릴 것 같았다.

단목상군은 다시 한 번 신속히 몸을 굴렸다.

턱!

그의 손이 둘째 제자 사운혁의 상체에 닿았다.

단목상군은 자신의 손바닥을 얼른 사운혁의 아랫배에 갖다 댔다. 그리고는 급급히 공력을 운기했다.

우우웅!

사운혁의 아랫배에 닿은 단목상군의 손에서 진동음이 일며 사운혁의 단전 가득 비정상적으로 축적된 공력이 장심을 통해 혈맥으로 흘러들었다.

'조금만 더!'

단목상군은 더욱 세차게 진기를 끌어올렸다.

스스스!

사운혁의 얼굴이 백지장처럼 창백해지기 시작했다. 대신 단목상군의 얼굴에는 옅은 붉은빛이 일렁거렸다.

그사이 멍석만큼 거대하게 변한 무영의 손이 단목상군의 정수리를 향해 천왕탁탑(天王托塔)의 초식으로 떨어져 내렸다.

"하앗!"

단목상군은 여전히 사운혁의 단전에 손을 댄 채 다른 한 손을 들어 하늘을 뒤덮을 듯한 무영의 손을 향해 쳐올렸다.

콰아앙!

"크윽!"

"큭!"

폭음과 함께 두 줄기 비명이 동시에 터져 나왔다.

단목상군은 사운혁의 단전에서 손을 뗀 채 일 장 가까이 옆으로 밀려났고, 무영은 무영대로 뒤로 몇 걸음 물러나 있었다.

"울컥!"

무영의 입에서 선혈이 쏟아져 나왔다.

상문 무공의 약점인 파멸의 기운이 혈맥 한곳을 파열시킨 것이다. 그러나 무영은 아랑곳 않고 다시 단목상군을 향해 걸어갔다.

"죽이고 말겠다!"

무영의 음성이 바닥으로 내리깔리듯 퍼져 나갔다.

단목상군은 질린 표정으로 무영을 쳐다보았다.

이제 무영의 눈은 완전히 이지를 상실한 상태였다. 그리고 그의 상의는 모조리 터져 나가 맨몸이 되어 있었다. 근육 또한 부풀 대로 부풀고 혈관은 터질 듯 솟구쳐 올라 있었다.

그런 상태로 무영은 한 발 한 발 단목상군에게 다가들었다.

쿵!

쿵!

발자국이 땅속으로 한 자씩 푹푹 박혔다. 그곳에서 피어오른 먼지는 회오리가 되어 무영의 몸 주변을 맴돌다 허공으로 사라졌다.

단목상군은 신속히 몸을 일으켰다. 그리고는 단전에 있는 기운을 끌어올렸다.

'됐다!'

단목상군의 눈이 번쩍 빛을 토했다.

사운혁의 단전에 축적되어 있던 기운을 흡수하며 진탕되던 진기가 다스려졌다. 그것이라면 상황을 반전시킬 수 있었다.

자신의 일장을 상체에 격중당한 후 무영의 온몸에서 터져 나온 기운은 결코 정상적인 것이 아니었다.

그것은 마치 악령에 지배당한 것 같은 가공스런 것이었다.

저런 기운은 마주치는 대상을 모조리 휩쓸어 버리는 공포스러운 것이지만 결국엔 스스로를 더 많이 파괴하고 만다. 그때까지만 버티면 된다.

단목상군은 이를 악물었다.

파앗!

무영이 발끝으로 땅을 박찼다.

슈아악!

마치 포탄처럼 쏘아져 오는 무영의 신형을 보며 단목상군은 전신의 내력을 모조리 끌어올렸다.

파앙—

단목상군과의 거리가 이 장 정도로 좁혀졌을 때 무영은 쌍장을 내뻗었다.

콰앙—

마주하는 모든 것을 집어삼킬 듯한 기운이 단목상군의 전신을 덮치며 뻗어나갔다.

단목상군도 온 내력을 한꺼번에 발출하며 쌍장을 뻗었다.

콰아앙—

'이, 이놈!'

온몸을 짓이길 듯 밀려드는 기운에 단목상군은 두 눈을 부릅떴다.

흡사 노도 같았다. 더 나아가 해일을 방불케 했다.

주르르—

단목상군은 자신의 신형이 속절없이 뒤로 밀려나는 느낌을 받았다.

그 느낌과 함께 심맥을 터뜨릴 듯한 압력이 팔을 통해 전해지고 있었다.

예상한 것보다 배는 더 강한 기운이었다.

'조금만 더!'

단목상군은 이를 악물었다.

지금 이놈이 뿌리는 힘은 정상적인 것이 아님을 재삼 확인했다. 그런 비정상적인 힘은 순간적인 폭발력은 이루 말할 수 없이 강하지만 그 끝은 그와 반비례하며 짧았다.

조금만 더 버티면 놈은 무너질 것이다.

단목상군은 가일층 손바닥에 힘을 쏟았다.

그 순간!

"크윽!"

무영의 입에서 쥐어짜는 듯한 신음이 터져 나왔다.

단목상군의 예상대로 비정상적인 기운이 몰고 온 결과였다.

"크으윽!"

신음과 함께 한 줄기 선혈이 폭포수처럼 쏟아져 나왔다. 동시에 무영의 신형이 어지럽게 흔들렸다.

"이놈! 이제야……."

단목상군은 급격히 진기를 두 손에 모았다.

여전히 불안정한 진기였지만 놈이 저런 상태라면 아무 상관이 없었다.

파앙—

단목상군은 두 손을 쾌속하게 앞으로 뻗었다.

처음에 비해서는 눈에 띄게 위력이 감소했지만 황소만 한 바위 하나는 충분히 가루로 낼 만한 두 가닥 장력이 무영을 향해 덮쳐 갔다.

또 한 모금의 선혈을 토하며 무영은 급히 한 손을 들어 올렸다.

퍼엉!

우수를 쭈욱 뻗은 무영의 신형이 미끄러지듯 뒤로 밀려났다.

지금 무영은 내부의 적과 외부의 적을 한꺼번에 상대하고 있는 셈이었다.

그리고 그 두 상대는 양쪽 모두 극강의 힘을 지니고 있었다.

"쿨럭!"

겨우 신형을 멈춘 무영의 입에서 폐부가 뒤집어지는 듯한 기침과 함께 한 사발은 될 듯한 선혈이 쏟아졌다. 안색은 선혈이 쏟아진 만큼 창백해졌다.

"이젠 밑천이 다 드러난 모양이구나!"

단목상군이 침착한 음성으로 말했다.

어느새 그는 조금 전까지의 들끓었던 감정을 모두 가라앉히고 처음 선인봉 정상에 모습을 드러냈을 때처럼 일대종사의 기품을 내뿜고 있었다.

겨우 호흡을 진정시킨 무영은 단목상군을 노려보았다.

토혈은 멈추었지만 그의 눈은 더욱 이글거리고 있었다.

지옥의 용암처럼 이글거리는 그 두 눈동자에는 온 세상을 다 태울 듯한 열기가 담겨 있었다.

"더러운… 위선… 자!"

무영이 허깨비처럼 중얼거리며 두 손을 들어 올렸다.

"그 말은 네놈이 죽어야 할 또 한 가지 이유이다."

단목상군은 오른손을 뻗어 바닥으로 향했다.

우웅!

진동음과 함께 바닥에 떨어져 있던 사운혁의 천뢰검이 단목상군의 손아귀로 빨려들었다.

치잉—

진기를 주입하자 단검 모양이던 천뢰검이 보통의 검 모양으로 변했다. 그리고 그 검에서 자욱한 살기가 서리서리 피어올랐다.

"약속한 대로 네놈을 갈기갈기 찢어 죽여주겠다!"

마교의 무공에다 사도맹의 무공까지 익힌 무영을 그냥 죽일 수 없다는 생각을 한 단목상군이었다. 그랬다간 혹시라도 되살아날까 두려웠기에 검으로 갈기갈기 찢어놓을 생각이었다.

第六十四章

추락(墜落)

장홍관일

단목상군은 천뢰검을 허공을 향해 들어 올렸다.

우우웅—

천뢰검에 시퍼런 기운이 어리며 검의 길이보다 두 배는 길게 늘어났다.

"그만 가거라!"

한마디 고함과 함께 단목상군은 태산압정의 수법으로 천뢰검을 내리그었다.

콰치치칭—

천뢰검에서 뻗어 나온 검기가 무영의 신형을 양단할 듯 쏘아져 나갔다.

치잉—

살이 잘리는 파육음 대신 금속성을 울렸다.

어느새 꺼냈는지 무영의 손에 들린 묵색 피리가 천뢰검에서 뻗어 나온 검기를 막고 있었다.

"쿨럭!"

다시 무영의 입에서 선혈이 터지며 신형이 휘청거렸다.

거듭된 토혈로 인해 무영의 안색은 백지장처럼 하얗게 탈색되어 있었다.

"이젠 마지막이다!"

단목상군이 독사출동의 초식으로 무영의 심장을 찔러들었다.

쌔액!

거의 무의식 상태에서 무영은 손에 들고 있던 묵색 피리를 세차게 흔들었다.

피리 끝에서 짙은 흑무가 피어올라 단목상군의 신형을 향해 쇄도해 들었다. 그러나 그 기운은 단목상군이 흔든 천뢰검에 빠르게 흩어졌다.

흑무를 흩어버린 단목상군은 그 여세를 몰아 계속 찔러들었다.

써걱!

흑무가 일으킨 장막 덕분으로 천뢰검은 심장을 피해 무영의 왼쪽 어깨 부근을 관통하고 지나갔다.

"악귀보다 더 지겨운 놈!"

단목상군은 무영의 어깨에 박힌 천뢰검을 신속히 빼냈다. 그 자리에서 선혈이 분수처럼 터졌다.

무영은 이제 내부에서 터져 오르는 기운에 완전히 정복당해 자신이 검에 찔린 사실도 의식하지 못하고 두 손으로 머리를 감싼 채 부들부들 떨고 있었다.

"그만 가거라!"

단목상군은 천뢰검을 높이 쳐들었다.

휘익!

천뢰검이 막 무영의 목을 향해 떨어져 내리려는 순간, 주먹만 한 돌이 단목상군의 뒤통수를 향해 날아왔다.

크기에 비해 그 안에 실린 공력은 거의 느껴지지 않는, 마치 화탄을 던진 것 같이 단순하게 던진 돌멩이였다. 그 사실에 혼란을 일으킨 단목상군은 검의 방향을 틀어 돌을 쳐냈다.

퍼억!

돌은 가루가 되어 날아갔다.

혹시나 돌이 아니라 화탄이 아닌가 하는 일말의 의심과는 달리 그냥 아무렇게나 던진 돌이었다.

단목상군은 어이없는 심정으로 시선을 돌렸다.

무영의 고함에 의해 정상 아래쪽으로 내려가 있던 염예령이었다.

그녀가 파랗게 질린 얼굴로 단목상군을 쏘아보고 있었다.

핏기 하나 없이 탈색된 표정과 부들부들 떠는 다리로 보아 서 있을 힘도 없는 것 같았다. 그럼에도 불구하고 그녀는 한 팔로는 다섯 개나 되는 돌을 안고 다른 한 손에는 금방이라도 던질 모양으로 한 개의 돌을 쥐고 있었다.

"더러운 위선자!"

염예령이 단목상군을 노려보며 고함을 질렀다.

단목상군은 말문이 막힌 듯 염예령을 쳐다만 보고 있었다.

하룻강아지 범 무서운 줄 모른다던가?

그런 하룻강아지에게 기가 막혀 말이 안 나오는 것과 같은 심정이었다.

"개만도 못한 인간……."

염예령의 입에서 더욱 기가 막힌 폭언이 터져 나왔다.

거듭해서 말문이 막혔다.

당찬 계집이라는 생각은 했지만 이 정도인 줄은 몰랐다.

단목상군의 눈이 차갑게 가라앉았다.

어차피 살려두어서는 안 될 계집이었는데 찾아 내려가는 수고를 던 셈이다.

단목상군은 무영과 염예령을 한꺼번에 베어버릴 생각으로 천리검을 들어 올렸다.

휘익!

휙!

염예령이 품에 안은 돌멩이를 모두 던졌다.

그러나 그것들은 단목상군의 신형 근처에도 가지 못하고 무형의 기운에 튕겨 나오며 바닥으로 떨어졌다.

"너도 함께 가거라!"

단목상군의 검이 시퍼런 빛을 발하며 길게 늘어났다. 그리고는 무영과 염예령을 한꺼번에 벨 듯 휘둘러 갔다.

파앙—

검을 휘두르는 단목상군의 등 뒤쪽에서 강력한 일장이 몰려왔다.

명문혈을 겨냥한 치명적인 공격이었다.

무영과 염예령의 목을 함께 내려치려던 단목상군은 검의 궤적을 바꾸어 다가드는 장력을 잘라갔다.

퍼엉—

장력이 허공으로 흩어졌다. 그 사이로 다시 권경이 날아들었다.

"감히!"

단목상군은 다시 천뢰검을 흔들어 쏘아드는 권경을 흩어버리고 자신을 기습한 인영을 쳐다보았다.

금빛 가면이 얼굴의 반을 가린 청년!

마련총단에서 유일하게 살아남은 주마룡이란 놈이라고 들었다.

올라올 때 면밀히 살폈으나 보지 못했는데 반대쪽 사면에 숨어 있었던 모양이다.

파앙—

부연호는 다시 일장을 날렸다.

단목상군을 무영에게서 조금이라도 더 떨어뜨릴 심산이었다.

"가소로운!"

단목상군은 검을 들지 않은 왼손을 흔들었다.

파앙—

노도 같은 장력이 일장을 상쇄시키고 그것도 모자라 부연호의 가슴을 향해 덮쳐들었다.

부연호는 마도 무공 중 가장 신랄한 장력의 하나인 천마혼원(天魔混元)의 장력을 연속으로 펼치며 단목상군을 향해 동귀어진의 수법으로 달려들었다.

단목상군이 야차처럼 얼굴을 찌푸리며 뒤로 신형을 이동시켰다.

같이 마주치면 부연호 하나쯤이야 피떡으로 만들 수 있겠지만 자신 역시 적지 않은 손해를 볼 터였다.

단목상군이 무영에게서 떨어지자 부연호는 포탄처럼 무영을 향해 쇄도해 들었다.

그 모습은 무영을 구하려 한다기보다는 무영을 공격하는 것 같은 모습이었다. 단목상군의 손에 치욕적인 죽음을 맞는 대신 차라리 자신이 죽음을 안겨주려는 모습 같았다.

단목상군은 잠시 주춤하며 두 사람을 지켜보았다.

퍼억!

아니나 다를까, 포탄처럼 쇄도한 부연호의 어깨에 무영의 가슴이 부딪치며 파육음이 울렸다.

"엇!"

뒤로 물러섰던 단목상군이 헛바람을 들이켰다.

포탄처럼 무영에게로 뛰어들어 부딪친 부연호는 다른 한 팔로는 염예령마저 낚아채어 위건화가 매달려 있던 절벽 쪽으로 휩쓸어가고 있었다.

"이놈!"

뒤늦게 단목상군이 고함을 지르며 장력을 날렸지만 세 사람의 신형은 까마득한 절벽 아래로 떨어져 내렸다.

"이, 이런 교활한 놈들!"

단목상군은 이를 빠드득 갈며 절벽 끝으로 몸을 날려 갔다.

세 사람의 모습은 이미 사라지고 없었다.

계속 떨어지고 있다면 까만 점이 되어서라도 보일 텐데 감쪽같이 사라졌다.

아마도 절벽 중간 어디쯤에 무슨 수작을 부려놓고 그곳으로 사라진 것이 틀림없다. 그러지 않고는 주마룡이란 그놈이 한순간의 망설임도 없이 절벽으로 뛰어내리지 않았을 것이다.

단목상군은 으스러져라 주먹을 쥐었다.

쥐새끼한테 발뒤축을 물린 심정이 이럴까?

아니, 그것보다는 차라리 길 가다가 누군가 던지는 오물통을 왕창 뒤집어쓴 기분이었다.

애송이와의 대결에서 엉덩방아를 찧었다. 그것도 모자라 그 놈을 죽이지도 못하고 약은 꾀에 속아 놓쳐 버리기까지 했다.

태어나서 이런 치욕은 처음이었다.

"이놈들…… 기필코 죽여 없앤다!"

단목상군은 들고 있던 천뢰검을 미친 듯이 휘둘렀다.

퍽!

퍽!

근처에 있던 평평한 바위가 수십 조각이 나며 바닥으로 나뒹굴었다.

그것도 모자라 단목상군은 그 바위들을 밟아 박살을 내었다.

태산이 무너진다 하더라도 눈 하나 깜작이지 않을 일대종사인 단목상군이었지만 오늘 당한 일에는 도저히 참을 수가 없는지 거의 발작 수준으로 광분했다.

"이런 치욕스런……."

잠시 후 단목상군은 탁한 호흡을 길게 내뿜으며 폭발했던 감정을 가라앉혔다.

파황객의 그림자!

단목상군의 눈빛이 심하게 흔들렸다.

절대로 자신의 아래가 아니었다.

아니, 놈이 정상이었다면 자신은 이곳에서 뼈를 묻었을 것이다.

하지만 운명은 놈의 편이 아니라 자신의 편이었다.

그리고 이젠 더욱 확실한 자신의 편이 될 것이다.

"흐흡—"

다시 한 번 길고 낮은 호흡을 토한 단목상군은 천천히 걸음을 옮겼다.

그의 눈앞에 시체처럼 널브러져 있는 둘째 제자 사운혁의 모습이 들어왔다.

팔목과 발목이 각각 한 개씩 잘리고 눈마저 한쪽을 잃고 쪼그라들어 있는 그는 그야말로 한 마리 짐승처럼 처참해 보였다.

단목상군의 눈에서 은은한 기광이 새어 나왔다.

결코 제자의 참상에 동정을 느끼는 그런 눈빛이 아니었다.

뭔가 사이하고 비정상적인 색채였다.

그것은 어떤 특수한 공력을 끌어올릴 때 표출되는 눈빛이었다.

지금 단목상군은 정파인으로서는 절대로 행해서는 안 될 사악한 심법을 운기하고 있는 것이다.

"흐읍—"

긴 호흡을 토한 단목상군은 쓰러져 있는 사운혁의 옆에 상체를 숙였다.

호흡을 한 번 더 고른 단목상군은 아까 무영과의 대결에서 했던 것처럼 천천히 우수를 사운혁의 단전 부위로 가져갔다.

우우웅!

단목상군의 우수에서 진동음이 흘러나오며 은은한 붉은

빛이 내비쳤다.

피처럼 진한 색은 아니었지만 무언가 섬뜩한 기운을 내포한 붉은 빛이었다.

턱!

단목상군의 손바닥이 사운혁의 단전에 밀착되었다.

단목상군은 눈을 감고 긴 호흡을 이끌었다.

우우웅!

다시 무거운 진동음이 울리며 바닥에 널브러져 있던 사운혁의 신형이 들썩거렸다. 그리고는 빠르게 쪼그라들기 시작했다.

처음에는 인상을 찌푸릴 때 얼굴이 일그러지듯 피부만 쪼그라들던 사운혁의 신형은 점차 온몸 전체가 급격히 쪼그라들기 시작했다.

제자를 상대로 펼쳐지는 천인공노할 흡정술이었다.

"흐흡!"

단목상군이 또 한 번 긴 호흡을 이끌었다. 그와 함께 사운혁의 신형은 점점 더 쪼그라들어 마침내 네댓 살 먹은 어린애만큼 작아졌다. 그리고는 더 이상 줄어들지 않았다.

그 후에도 한참을 더 그렇게 사운혁의 단전에 손을 대고 있던 단목상군은 천천히 눈을 떴다.

번쩍!

단목상군의 눈에서 쇠라도 녹일 듯한 혈광이 흘러나왔다.

그러나 그것은 나타났을 때보다 더 빨리 사라지고 어느새 단목상군의 눈은 대해처럼 깊게 가라앉았다.

"성공이군!"

단목상군은 목내이(木乃伊:미라)처럼 쪼그라든 둘째 제자 사운혁을 일견한 후 무감동하게 중얼거렸다.

이날을 위해 그간 온갖 신경을 쓰며 키운 제자다.

다른 제자들에 비하면 팔푼이나 다름없었지만 옥혈구음체질이라는 특이한 신체로 태어났기에 다른 제자들에게 제거당하지 않게끔 신경을 쓰며 오늘까지 살려두었던 것이다.

그리고 그 제자는 그간 자신이 베풀었던 은공을 모두 갚고 목내이가 되었다.

단목상군은 이제는 형체마저 알아보기 힘든 둘째 제자 사운혁에게서 시선을 돌리고는 선인봉 정상의 가장자리로 걸음을 옮겼다.

"후후!"

뒷짐을 진 채 선인봉 아래를 내려다보며 단목상군은 나직하게 웃음을 흘렸다.

그 모습은 마치 '이제 세상은 내 것이다' 라고 광소를 터뜨리며 외치는 것 같았다.

단목상군의 시선이 무황성이 있는 방향으로 향했다.

무황성의 가장 깊은 곳에 웅크리고 있는 음흉한 이무기들인 무황성의 열두 장로!

그들은 성주인 자신으로서도 완벽히 제압하지 못했다.

오 년간의 권력 투쟁 속에서 그들은 모든 야망을 접고 일선에서 물러났지만 가슴 깊은 곳에 도사리고 있는 흉심마저 깨끗이 씻어낸 것은 아니었다.

그들은 무황성의 원로원 깊숙한 곳에 웅크리고 앉아 언제든지 자신들의 독니를 꽂아 넣을 빈틈을 노리고 있었다.

원로 네 명의 합공이면 단목상군도 승패를 예측하기 힘들었다.

그걸 잘 아는 단목상군은 이해관계를 끊임없이 조종하여 네 명 이상이 한꺼번에 뭉치지 못하게 서로 견제하게 만들었다.

그러나 언제든 그들이 넷 이상 서로 뭉치면 독니를 드러내고 사정없이 물어뜯을 것이다.

"흐으읍!"

단목상군은 긴 호흡을 이끌었다.

진기가 온 혈맥을 용솟음치며 휘돌았다.

단목상군은 얼굴 가득 환희에 가까운 미소를 피워 올렸다.

사운혁의 단전에 있던 옥혈진기는 한 방울도 남기지 않고 모두 자신의 단전으로 흡수했다. 이제 한동안 폐관에 들어 그것을 완전히 자신의 것으로 만드는 일만 남았다.

사실 무황성주 단목상군 같은 무인에게 내공 수련이라는 것은 별 의미가 없는 일이다.

그것은 동정호처럼 넓은 호수에 웬만큼 많은 물이 흘러들어도 표시가 나지 않는 것과 마찬가지이기 때문이다.

그러나 순음을 바탕으로 한 옥혈진기라면 달랐다.

특수한 체질로 태어난 사람만이 익힐 수 있는 그 심공으로 축적한 옥혈진기는 본신의 내력을 일 할가량 더 증폭시켜 준다. 아니, 정확히 말한다면 내력 자체를 일 할가량 더 축적시키는 것이 아니라 뿌리는 순간 평소 능력의 일 할가량을 더 발휘하게 만드는 것이다.

그것은 음양이 합쳐지며 더욱 완벽해지고, 음과 양이 가진 개개의 힘보다 더 큰 힘을 발휘하는 것과 같은 이치였다.

일 할!

이미 성취의 극에 다다른 사람들에게 있어 일 푼만 더 나아가는 것이라도 마장(魔障)을 뚫는 것만큼 힘이 든다. 그래서 일대종사들끼리의 대결에서는 종이 한 장의 차이가 승패를 결정짓는다고들 말한다.

그런 절대고수들에게 일 할의 성취란 탈태환골이나 마찬가지이다.

단목상군은 제자의 단전을 통해 흡수한 옥혈진기로 일 할의 성취를 더 이루게 되는 것이다.

환희가 어렸던 단목상군의 눈에서 등골을 서늘하게 만들 만한 빛이 새어 나왔다.

원로원의 이무기들!

이젠 그들이 아무리 용을 써도 걸릴 것이 없었다. 그야말로 무황성은 완벽히 자신의 것이 되었다.

아울러 강호무림도 마찬가지가 될 것이다.

단목상군은 무영이 자신의 의중을 읽고 자신을 향해 검지 하나를 곤두세웠던 것처럼 검지를 곤두세우고 그것을 쳐다보았다.

무림일통(武林一通)!

무림 역사상 그 누구도 이루지 못했던 하나의 강호!

이젠 자신이 그 역사의 첫발을 내디딜 것이다.

단목상군은 깊게 심호흡을 했다.

한차례 더 긴 호흡을 토한 단목상군은 쪼그라든 사운혁의 몸을 향해 손을 뻗었다.

화르르—

단목상군의 손바닥에서 불길 같은 기운이 뻗어 나와 사운혁의 몸을 감쌌다.

푸스스—

쪼그라들었던 사운혁의 몸이 순식간에 재로 변해 허공으로 흩어졌다. 그리고는 마침내 아무런 흔적도 없이 모조리 사라졌다.

"이곳은 정리가 끝났으니 이젠 쥐새끼들을 사냥해야겠지."

잠시 후 단목상군은 천천히 걸음을 옮겼다.

第六十五章

백척간두(百尺竿頭)

상홍관일

"제발 정신 차리게, 이 친구야!"

절벽 아래의 작은 동굴 안에서 부연호는 무영의 가슴에 있는 혈을 연신 두드리며 소리를 질렀다.

동굴은 깎아지른 듯한 절벽 중간 부분에 위치했는데, 인공의 흔적이 많이 가미된 것으로 보아 자연 동굴에 무영이 미리 와서 많은 작업을 해놓은 모양이었다.

동굴 바깥에는 질긴 밧줄로 교묘하게 그물이 쳐져 있어 부연호는 그곳으로 무영과 염예령을 안고 뛰어내린 것이다.

애초부터 이런 경우를 예상하고 만든 그물은 아니었다.

여차하면 소나무 가지에 매단 위건화를 아래로 떨어뜨리

고, 그물에 걸리면 서문진충 등이 다시 회수해 갈 목적으로 만든 것이었는데 지금은 구명줄 역할을 했다.

"대체 어떻게 된 일입니까?"

미리 동굴 속에 대기하고 있던 서문진충 일행은 황당한 표정을 감추지 못한 채 물었다.

그들은 만약의 경우에 대비해 이곳에서 기다리고 있었지만 실제로 누군가 그물 위로 떨어질 일은 없을 거라고 들었다.

그래서 반 시진 정도만 더 지체하다가 다음 장소로 이동할 생각이었는데 뜻밖에도 전혀 엉뚱한 세 사람이 그물 위로 떨어져 내린 것이다.

애초에 한 사람이 떨어질 경우를 대비한 그물이었기에 세 사람이 떨어져 내리자마자 우두둑 하고 끊어져 나가 하마터면 세 사람은 그물을 뚫고 다시 떨어진 뻔했다.

떨어져 내린 사람들이 부연호와 무영 등이라는 것을 인식한 서문진충과 강운설이 기겁을 하며 그물을 잡아당기느라 정신이 반쯤 나갔었다.

"대협께서는 저 소저를 돌보아주시오!"

부연호는 염예령을 쳐다보며 말했다.

이미 목숨을 포기하고 단목상군과 마주한 상태에서 갑작스럽게 절벽 아래로 추락까지 한 그녀는 정신 줄을 놓고 혼절해 있었다.

"제가 살펴볼게요."

강은설이 겨우 제정신을 차리고 염예령의 상세를 살피기 시작했다.

"대체 이게 무슨 조홧속이냐?"

부연호는 파랗게 질린 표정으로 계속해서 무영의 혈을 두드렸다.

무영이 입은 외상은 천뢰검이 어깻죽지를 관통한 상처뿐이었다.

그러나 그곳은 대혈이 위치한 곳도 아니고 더욱 다행스럽게도 근육이 있는 곳도 아니었다. 그렇기에 그 상처 때문에 이런 상태가 된 것은 아니었다.

또한 단목상군의 내가중수법에 당해 치명적인 내상을 입은 것도 아니었다. 만약 그랬다면 혈맥이 모조리 터져 이미 시체가 되었을 것이다.

지금 무영은 연공실에서 심공 수련을 하다 주화입마에 걸린 사람의 모습과 흡사했다.

단목상군 같은 고수와 펼친 필생의 대결에서 주화입마라니?

도저히 납득이 가지 않은 부연호는 다시 무영의 혈 몇 군데를 두드렸다.

그러나 용암처럼 들끓는 무영의 진기는 조금도 누그러들지 않았다. 오히려 시간이 갈수록 더 거세어지는 것만 같았다.

"크으윽!"

거의 혼수상태에 빠진 무영은 다시 신음을 토하며 온몸을 뒤틀었다.

근육과 핏줄이 이곳저곳 불거지며 당장에라도 터져 나갈 것 같았다.

부연호는 무영의 혈을 두드리던 동작을 멈추었다. 지금은 오히려 부작용만 일으키는 것 같았다.

"안 되겠다. 사형에게로 가야겠다."

자신으로서는 도저히 어떻게 할 수 없다고 판단한 부연호는 급히 신형을 일으키며 무영을 들쳐 업었다.

지금 무영의 상태는 상문 무공의 약점 때문이 분명해 보였다.

자신에 대해서는 거의 말하지 않는 무영이었기에 잘은 몰랐지만 무영의 사형 허복양과의 대화를 통해 몇 가지 사실은 어렴풋이나마 알 수 있었다.

상문의 조사이신 파황객이 일 년도 안 되는 강호 생활과 함께 갑작스럽게 사라진 것과 파황객 같은 절대고수를 배출한 상문이 그 이름조차 제대로 알려지지 않은 채 같이 사라진 것은 그들 무공의 치명적 약점 때문이라 들었다. 그것을 극복하기 위해 무영이 무당 장문인을 만났다는 것도 알았다.

지금 그 치명적인 약점이 드러난 것이 틀림없었다. 그렇다면 이 사태를 해결할 수 있는 사람은 그 모든 것을 가장 잘 아는 무형의 사형밖에 없었다.

"어, 어딜 가십니까?"

갑자기 무영을 업고 일어서는 부연호를 보며 서문진충이 놀란 눈으로 물었다.

"여기 상황은 끝났으니 대협께선 다음 지시대로 움직이십시오."

"하지만……."

"길게 설명할 시간이 없소!"

부연호는 단호하게 말한 후 동굴 밖으로 이어진 바위틈을 따라 신속히 사라졌다.

"대체 이게 무슨 일이지? 누가 저 공자를 저렇게 만들었단 말인가?"

서문진충은 멍하니 부연호가 사라진 방향을 바라보았다.

현재 무영을 저렇게 만들 사람이 강호에서 몇이나 될지 짐작이 가지 않았다.

정상에서 만나기로 한 무황성주의 둘째 제자가 저렇게 만들었을 것이라고는 절대로 생각할 수 없었다. 모르긴 해도 무황성주의 제자들은 모두 덤벼도 상대가 안 될 것이다.

"설마… 무황성주의 둘째 제자 사운혁의 무공이 그렇게 높다는 말인가요?"

염예령을 돌보던 강운설도 믿어지지 않는다는 표정으로 물었다.

그동안 무영에게 감정이 많았던 그녀로서는 무영이 저런 상태가 된 것에 어떤 반응을 보여야 할지 모르겠다는 심정이었다.

무영이 깨어나지 못한다면 이 년 동안이나 무영의 지시를 따라야 하는 자신들의 속박이 풀려날 것이다. 그런 생각을 하면 기뻐해야 할 일이나 무황성에 무영이 당했다는 사실은 분기를 솟구치게 했다.

"절대로 그렇지 않을 것이다. 그 공자의 무공이라면 성주의 제자 세 명이 한꺼번에 덤벼도 힘들 것이야."

서문진충이 고개를 저었다.

"그렇다면?"

"아마도 무황성의 장로 급 인물들이 나타난 모양이다. 그러니 어서 서둘러야 한다."

서문진충이 재촉을 하며 몸을 일으켰다.

"너는 그 소저가 깨어날 때까지 기다렸다가 다음 장소로 오도록 해라. 우리는 먼저 가야겠다."

"사부님, 그건……."

"시간이 없다."

서문진충이 단호하게 말하며 몸을 움직이자 세 명의 청년도 황급히 그를 따랐다.

* * *

스스스!

칼날같이 날카로운 바위 하나가 천천히 움직이기 시작했다.

살아 있는 생명인 듯 꿈틀거리던 바위는 어느 순간 사라지고 그곳에서 새로운 지형이 생겨났다.

환술과 교묘히 결합된 진법이었다. 그래서 웬만한 고수라도 절대로 구분할 수 없을 만큼 완벽했다.

휘익!

부연호는 진법이 걷혀진 바위틈의 공간 사이로 얼른 몸을 날렸다.

"사, 사부!"

거의 시체처럼 변한 무영의 몰골을 보며 마소창이 기절초풍할 듯 고함을 쳤다.

허복양도 놀란 표정으로 다가왔다.

"소리가 크다!"

부연호가 짤막하게 소리치자 자신이 은밀하게 은신하고 있다는 사실을 잠시 잊었던 마소창은 손으로 입을 막았다.

"대체 어찌 된 일인가?"

허복양은 급히 무영의 맥문에 손을 대며 물었다.

"단목상군 그놈이 나타났습니다."

"무엇이?"

허복양은 마소창보다 더 큰 고함을 쳤고, 마소창은 자신이 뭘 잘못 듣지 않았나 하는 표정으로 부연호를 쳐다보았다.

"이, 이런 낭패가……."

어떤 일이 벌어져도 득도한 노승같이 침착함을 잃지 않던 허복양의 얼굴이 사색으로 변했다.

단목상군 같은 절대고수와 대결을 벌였다면 이렇게 되는 것은 자명했다. 무영은 아직 그를 뛰어넘을 정도가 아니었다.

수백 년 동안 뛰어넘고자 했던 제어할 수 없는 파멸의 기운이 무영의 온 혈맥을 폭주하고 있었다.

이런 일이 일어나지 않기를 빌고 또 빌었다.

각고의 노력 끝에 파멸의 기운을 몰아낼 방도를 찾았다. 그래서 그때까지 아무런 일이 일어나지 않기만을 바랐지만 상황은 최악으로 치닫고 있었다.

허복양은 긴 호흡을 이끌었다. 그리고는 상문의 독문심법인 현허무종(玄虛無踪) 심법의 구절을 떠올렸다.

이런 날을 대비해서 만들어진 심법이다. 또 자신이 지금까지 무영과 동행한 이유 역시 이런 순간을 대비한 것이다.

허복양은 즉시 품에서 몇 장의 부적을 꺼냈다.

그것들에는 보통의 부적과 마찬가지로 붉은 색으로 된 그림 같기도 하고 글자 같기도 한 형상들이 그려져 있었다. 그러나 그 속에서 풍겨 나오는 기운은 그런 부적들과는 확연히 달랐다.

다른 부적들이 그냥 종이에 형상을 그린 것이라면 허복양의 손에 들린 부적들은 살아 있는 형상들을 잠시 부적 속에 가두어둔 것 같은 느낌이 들었다. 아울러 그 형상들은 금방이라도 부적 속에서 튀어나올 것 같은 생생함을 느끼게 했다.

휘익—

허복양은 손가락 사이에 끼운 네 장의 부적을 허공으로 던졌다.

파앗.

부적 네 장이 사방을 점하며 허공에서 자리를 잡았다. 그리고 그 즉시 부적에서 찬란한 은광이 흘러나와 무영과 허복양이 자리한 공간을 둘러쌌다.

부적으로 강력한 결계를 만든 것이다.

부연호는 동그랗게 뜬 눈으로 허공에 뜬 부적을 쳐다보았다.

마교에서도 이런 수법이 있었지만 지금 허복양이 펼치는 것은 차원이 달랐다.

허복양의 수법은 지금까지 자신이 본 어떤 부적술이나 환술보다 강렬하고 인상적이었다.

휘익—

허복양은 다시 부적 여덟 장을 허공에 던졌다. 그리고 손가락으로 수인을 맺어 무영의 상체를 가리켰다.

파파파팟!

허공에 떠 있던 부적 여덟 장이 강렬한 속도로 무영의 상체를 향해 칼날처럼 내리꽂혔다.

다음 순간, 무영의 상체에 꽂혔던 부적은 녹아내리듯 허물거리며 무영의 몸속으로 스며들기 시작했다.

"어헉!"

너무나 기이한 현상에 숨을 죽이고 주시하고 있던 마소창이 마침내 짤막한 비명을 토했다.

부적이 몸속으로 스며들자 무영의 몸 곳곳이 꿈틀거리기 시작했고, 핏줄들이 불거졌다가 원래대로 돌아가기를 반복했다.

그것은 마치 혈관 속으로 벌레들이 지나다니는 듯한 모습이었다.

파파팟—

허복양은 다시 네 장의 부적을 허공에 띄워 무영의 상체 대혈에 꽂아 넣었다.

그런 과정이 한참 동안 반복되자 발작이라도 일으킬 듯 꿈틀거리던 무영의 신형이 통나무처럼 꼼짝도 않고 길게 늘어졌다.

"휴우—"

한숨을 한번 내쉬며 숨을 고른 허복양은 수인을 맺었던 손가락을 푼 후 한 손을 무영의 단전에 갖다 대고 다시 주문을 읊었다.

부적을 날리던 때와는 확연히 다른 주문이었다.

부적을 허공에 날리며 외던 주문은 낮고 가벼운 느낌을 주었는데, 지금 이 주문은 오장육부를 토해내는 듯 무거웠다.

허복양은 계속 입술을 달싹거리며 주문을 외웠다.

무거운 주문과 함께 허복양의 몸에서 기이한 빛이 새어 나오기 시작했다.

은광 같기도 하고 옅은 잿빛 같기도 했다.

그 기이한 광채는 영역을 넓혀가는 물무늬처럼 서서히 허복양의 전신을 감싸고 더 나아가 무영의 신형까지 삼켜갔다.

"사, 사형!"

얼마의 시간이 지났을까, 부연호가 놀란 음성으로 허복양을 불렀다.

금방이라도 터져 버릴 것 같던 무영의 핏줄이 차츰 안정되기 시작했다. 그리고 창백하던 안색도 정상으로 돌아왔다.

그러나 그와 반대로 허복양의 모습은 마치 십 년은 더 늙어버린 것 같은 모습으로 변하였다.

"사형!"

부연호가 다급한 목소리로 허복양을 불렀다.

얼굴은 물론 이젠 머리카락마저 하얗게 변색되어 갔지만 허복양은 여전히 무영의 단전에 손을 댄 채 낮은 주문을 읊조리고 있었다.

저렇게 그냥 두면 허복양은 목내이가 되어버릴 것 같았다.

"사형, 이제 그만 멈추십시오!"

부연호가 마침내 허복양에게로 다가가며 고함을 질렀다.

그러나 허공에 뜬 부적이 만든 결계 속에 있는 허복양은 아무 소리도 듣지 못한 듯 계속해서 주문을 읊고 있었다.

'안 되겠다!'

부연호는 허복양의 어깨라도 잡을 듯 손을 뻗었다.

파앗!

손을 뻗던 부연호는 짤막한 비명을 토하며 뒤로 튕겨났다.

허복양과 무영 주변으로 은색 막처럼 쳐져 있던 결계에 손이 닿는 순간 부연호는 흡사 손바닥이 타버리는 듯한 통증을 느낀 것이다.

부연호의 이마에서 식은땀이 흘렀다.

손바닥에 전해졌을 때는 타는 듯한 뜨거운 기운이었지만 팔 전체를 통해 가슴으로 스며들 때는 마치 북해의 빙풍 같은 한기가 느껴졌다. 그리고 그 기운은 뒤이어 심맥마저 뒤흔들고 있었다.

'이것이 상문의 힘인가?'

부연호는 직접 겪어보고도 믿지 못할 결계의 힘에 깜짝 놀라며 안절부절못하는 심정이 되었다.

허복양은 혹시라도 자신처럼 방해하는 사람을 경계하여 미리 저런 강력한 결계를 쳐놓은 것이 분명했다.

그 결계가 침입자를 차단한 것이다.

하지만 계속 저렇게 두면 허복양은 쪼그라들어 죽을 것 같았다.

그렇게 되면 무영은 자신으로 인해 사형이 희생되었다는 자책감에 스스로 무너져 내릴지도 몰랐다.

언제나 칼날처럼 날이 서 있는 무영이었지만 사형 허복양에게는 부모 앞에 선 아들처럼 공손했고, 마음속 깊이 공경하는 마음을 절로 느낄 수 있었다.

그런 허복양이 잘못되면 무영은 정인을 잃은 것 이상으로 괴로워할 것이 분명했다.

그렇다고 자신이 강력한 일장을 날려 결계를 부숴 버릴 수도 없었다.

그건 아마도 운기조식에 빠진 사람을 향해 장력을 뻗은 것이나 마찬가지일 것이다.

부연호는 입이 바싹바싹 타들어가는 기분으로 허복양을 쳐다보았다.

허복양의 얼굴은 밀랍처럼 창백해 있었다.

"사형!"

부연호는 다시 고함을 질렀다.

그 순간 은색 결계가 일렁거리기 시작했다.

우우웅!

무거운 진동음과 함께 은색 결계는 세찬 바람에 날린 빨래처럼 출렁거렸다.

치이잉!

기음이 일며 마침내 결계가 깨어졌다.

"크윽!"

비명 소리와 함께 허복양이 뒤로 튕겨 나왔다.

그의 입에서 선혈 한 가닥이 흐르고 있었다.

"사형!"

"사백!"

부연호와 마소창이 고함을 지르며 급히 허복양에게로 다가갔다.

"쿨럭!"

겨우 상체를 세운 허복양은 기침과 함께 한 사발은 됨 직한 선혈을 토해냈다.

그의 얼굴은 이제 백지장처럼 창백했고, 머리카락은 완전히 하얗게 탈색되어 있었다. 뿐만 아니라 얼굴 역시 오십은 족히 넘은 사람처럼 늙어 보였다.

"사, 사백! 괜찮으십니까?"

반쯤 넋이 나간 표정과 함께 마소창이 허복양의 팔을 잡았다. 지금 이 순간은 무영보다 허복양이 더 위험해 보였다.

"난… 난 괜찮네. 사제를 좀 봐주게. 쿨럭!"

허복양은 다급하게 말하고 다시 한 모금의 선혈을 쏟았다.

부연호는 급히 무영에게로 다가갔다.

무영의 표정은 처음과는 백팔십도 다르게 혈색이 돌아와 있었다. 숨도 고르고 들끓던 혈맥도 가라앉은 것 같았다. 하지만 여전히 의식은 돌아오지 않고 혼수상태였다.

"이 친구는 많이 나아졌습니다."

부연호가 허복양을 향해 말했다.

"의식은?"

허복양이 다시 물었다.

"아직!"

"이런 안타까운 일이……."

허복양이 통곡을 하듯 말했다.

"왜, 왜 그러십니까, 사형?"

무영의 신색을 보고 한시름 놓았다는 생각을 하던 부연호의 표정에 다시 당혹감이 어렸다.

"끝까지 갔으면… 사제를 원래의 모습으로 되돌릴 수 있었는데, 사제가 무의식적으로 그걸 거부했네. 그래서……."

허복양이 다시 통곡을 하듯 중얼거렸다.

"그렇게 되었다면 사형은 어떻게 됩니까?"

부연호는 무언가 짚이는 게 있는 듯 물었다.

"내 존재의 의미는 사제에게 있네. 사제를 되돌릴 수 있다면 난 어떻게 되어도 상관없네. 쿨럭!"

허복양은 기침을 했다. 이젠 진정이 되었는지 선혈을 토하지 않았다.

"절대 그렇지 않습니다, 사형! 저 친구를 살리기 위해 사형께서 잘못되셨다면 저 친구는 죄책감을 이기지 못하고 허물어지고 말 겁니다. 지금도……."

부연호는 입을 다물었다.

순식간에 중늙은이로 변한 사형의 모습을 무영이 깨어나서 보게 된다면 그것 역시 별반 다르지 않을 것이다.

그러나 살아 있다는 것은 죽은 것과는 달랐다.

살아 있으면 되돌릴 기회도 있을 수 있고 손을 잡고 통곡이라도 할 수 있으니 죄책감은 덜할 것이다.

어쩌면 무영 역시 그런 생각이었기에 무의식중에서라도 허복양을 거부했을 것이다.

"어쨌든 일이 이렇게 되었으니 사제를 한시바삐 무당으로 데려가야 하네. 그곳에서 현천심공의 기운으로 혈을 씻어내야 하네."

여전히 백지장 같은 안색을 한 허복양은 자신의 신색은 아랑곳 않고 콩 튀듯이 서둘렀다.

"아, 알겠습니다, 사형! 그런데 사형께선 거동이 괜찮으실지……."

부연호는 걱정스런 표정으로 허복양을 쳐다보았다.

갑작스럽게 수십 년은 더 늙어버린 노인의 모습이 된 허복양이기에 그 후유증으로 제대로 걸을 수나 있을지 염려스러웠다.

"내 걱정은 말게. 늙으면 늙은 대로 살면 되네. 어서 업게!"

허복양은 단호하게 말하고는 신형을 움직였다.

부연호는 얼른 무영을 들쳐 업고 허복양을 따랐다.

第六十六章

상문(喪門)의 힘

장홍관일

"이곳이군!"

바람처럼 경공을 펼쳐 절벽 아래쪽에 도착한 단목상군은 조소를 머금으며 손을 흔들었다.

휘이잉―

그의 손에서 뻗어 나온 한줄기 경력이 깎아지른 듯한 절벽의 바위틈을 향해 쏘아져 나갔다.

퍽!

경력이 닿은 바위에서 이질적인 소음이 흘러나왔다.

그것은 결코 경력이 바위를 두드리는 소리가 아니었다. 무언가 다른 물체를 두드렸을 때 나는 소리였다.

스스스—

깎아지른 듯한 바위 절벽이 허물어졌다.

정확히 말한다면 절벽의 형상이 사라지고 또 다른 모습이 드러난 것이다.

껍질이 한 겹 벗겨지듯 절벽의 모습이 사라지고 새로이 드러난 지형은 조금은 완만한 절벽에 바위 두 개 사이로 틈이 나 있었다. 그리고 두 개의 바위 바로 아래에 네 개의 깃발이 꽂혀 있었다. 또 깃발에는 이상한 모양의 문양이 붉은 주사로 어지럽게 그려져 있었다.

이른바 깃발을 이용한 진식이었던 것이다.

단목상군은 옅은 조소와 함께 깃발을 향해 다가갔다.

가까이 다가가자 또 한 개의 깃발이 눈에 들어왔다.

나머지 네 개와 똑같은 모양이었으나 그것은 바닥에서 뽑힌 채 쓰러져 있었다.

조금 전 단목상군이 뿌린 경력에 의해 쓰러진 것이다. 그로 인해 진식이 파훼되어 절벽의 실상이 드러난 것이다.

단목상군은 허리를 굽혀 쓰러진 깃발을 집어 들었다.

그 순간!

쐐애액—

고막을 찢는 듯한 파공음과 함께 강전 하나가 섬전처럼 쏘아져 왔다.

대경한 단목상군은 급히 손을 흔들었다.

피잉—

단목상군의 손등에 부딪친 강전이 폭풍에 휩쓸린 낙엽처럼 허공으로 튕겨 나갔다.

"교활한 놈들이로고……."

단목상군은 차갑게 중얼거렸다.

진식에 어우러진 기관!

아마 다른 사람이었다면 강전에 산적처럼 꿰뚫렸든지, 못해도 큰 상처를 입었을 것이다.

조금 전 튀어나온 화살은 자신으로서도 깜짝 놀랄 만큼 갑작스럽고 빨랐다. 진식 또한 기이하기 이를 데 없어 그 실마리를 찾는 데 한참을 고심했다.

이런 정도의 수준이라면 중원의 모용세가나 남궁세가와 겨루더라도 자웅을 가리기 힘들 것 같았다.

"상문이라……. 대체 어떤 곳이기에……?"

단목상군은 재삼 상문에 관해 궁금증이 일었고, 이젠 은은한 두려움마저 느끼게 되었다.

이런 능력과 힘을 가진 그들에게 약점이 없었다면, 그래서 마음대로 중원을 활보했더라면 아마도 무황성을 건설할 공간은 없지 않았을까 하는 생각도 들었다.

선인봉 정상에서 무영과의 대결에서 느낀 그 파괴적인 힘!

물론 정상이 아닌 상태에서 스스로도 주체하지 못하고 터져 나와 자신을 먼저 망쳐 버린 힘이었지만 그 힘 자체로는 가공할 만했다. 아니, 공포스럽기 짝이 없었다.

그것이 파황객의 이름을 아직까지 잊지 못하게 한 힘이 분명했다.

파황객 역시 통제 불가능한 힘 때문에 그렇게 짧은 강호 활동과 함께 사라진 것이리라.

그런데 만약 그 힘이 통제 가능해진다면?

그래서 그 파천황의 힘을 자유자재로 뿌려댄다면?

생각만 해도 끔찍스럽다.

제자 사운혁의 단전에 비정상적으로 축적되어 있는 내력을 모두 흡수했고, 조만간 그것을 완전히 자기 것으로 만든다면 파황객이 되살아난다 하더라도 자신이 있었다. 그러나 놈은 파황객보다 더 무서운 이무기가 될 소지가 다분했다.

그렇기에…….

놈이 회복되기 전에 찾아 도륙을 해야 한다!

단목상군의 눈에서 번쩍하고 살기가 솟구쳤다.

'그 계집도 죽여야 한다.'

누구에게도 알려지지 말아야 할 선인봉에서의 자신의 행위.

그것을 이젠 애송이 계집까지 낱낱이 알고 있다. 그리고 그 계집아이도 놓쳐 버렸다.

기필코 무영과 계집, 그리고 그 일행을 찾아내어 도륙해야 한다.

단목상군은 천천히 두 개의 바위 뒤로 걸음을 옮겼다.

"교활한 놈들!"

잠시 후 단목상군의 표정이 일그러졌다.

교묘하게 숨겨놓은 진식이기에 그것을 파훼하면 이어진 길을 발견할 줄 알았다. 그런데 길처럼 보이는 바위틈 뒤에는 아무것도 없는 또 다른 절벽이었다.

위장을 위한 진식이 아니라 속임수를 위한 진식이었다.

마치 무언가 있는 것처럼 진식을 펼쳐 놓고 그것을 파훼하느라 시간을 끄는 동안 놈들은 미리 만들어둔 통로를 통해 빠져나가고 있을 것이다.

물론 그 통로 또한 교묘한 진식으로 위장되어 있을 것이다.

빠드득!

단목상군의 입에서 세차게 이가 갈리는 소리가 흘러나왔다.

이것은 또 한 번의 조롱이고 수치였다. 놈들을 갈아 마시더라도 평생 씻을 수 없는 오욕이었다.

내심 심복 몇 명은 데리고 올 걸 하는 후회도 일었다.

하지만 그건 자존심이 허락하지 않았다.

아무리 가까운 심복이라도 자신의 치부는 조금도 드러내고 싶지 않은 절대자의 자존심이었다. 또 그런 애송이쯤은 혼자만으로도 충분하다고 자신했다.

그런데 놈들은 예상외로 강하고 교활했다.

놈들은 온갖 종류의 변수를 모두 감안하여 이곳 선인봉에 철저한 준비를 해놓은 것이다.

이런 식의 진식이 몇 곳이나 더 설치되어 있을지 몰랐다.

해가 지기 전에 그것들을 모두 분쇄하고 놈들을 찾지 못하면 더 피곤해질 터였다.

단목상군은 해를 쳐다보며 시간을 어림했다.

해가 지고 완전히 어둠의 장막이 쳐질 때까지는 두어 시진 정도 남은 것 같았다.

초여름으로 치닫는 계절이기에 해는 아직 많이 남아 있었다.

"해가 많이 길어져서 그나마 다행이군."

낮게 중얼거린 단목상군은 걸음을 옮겼다.

*　　　*　　　*

"몇 개나 제거되었나?"

절벽 한 귀퉁이에서 낮은 중년인의 목소리가 들렸다.

"서른 개 중 열일곱 개가 파훼되었습니다."

청년의 목소리가 화답해 왔다.

"벌써 반 이상 파훼되었군. 정말 끔찍스런 인간들이야. 설사 절벽에 집을 짓고 돌아다니는 담비라 하더라도 오르기 힘든 곳을 마음대로 오르내리며 진식을 하나씩 파훼하다니."

중년 사내의 음성에 은근한 공포감마저 번져 나갔다.

무영의 탈출을 돕기 위해 분주히 움직이고 있는 서문진충 일행이었다.

그들은 무영 일행이 위험에 빠지자마자 계획된 대로 움직이며 진을 발동시켰다.

그런데 그 진들이 너무나 빠르게 파훼되고 있었다.

이런 속도라면 반 시진도 되기 전에 모두 파훼되고 놈들 앞에 무영 일행의 모습이 드러날 것 같았다.

지금 진식을 파훼하고 있는 인간이 단목상군임을 모르는 서문진충은 너무나 빠르게 제거되는 진식에 공포심마저 느꼈다.

촤르르!

긴장된 표정을 한 서문진충은 두루마리를 펼쳤다.

처음 무영과 만나는 날, 무영에게 협조하기로 하고 받은 두루마리였다.

그 안에는 이곳 선인봉에 설치해야 할 각종 장치들이 그려져 있었고, 또 시시각각의 상황에 따른 지시 사항들이 빼곡히 적혀 있었다.

하나의 계책이 실패하면 실패하는 대로, 성공하면 성공하는 대로 그에 따른 다음 지시가 세세히 기록되어 있어 마치 철저하게 준비된 경극의 대본을 보는 것 같았다.

"정말 무서운 인간들이야."

서문진충은 고개를 내저으며 중얼거렸다.

무서운 인간들!

무황성과 무영을 말함이다.

무황성의 무서움이야 익히 알려진 것이다. 그러나 무영의 무서움은 갈수록 뼈저리게 느끼게 된다.

두루마리에는 만약 무영 자신이 잘못되었을 경우에 대한 지시도 빼곡히 적혀 있었다.

물론 무황성 인물들과 대결을 하고 혼수상태에 빠질 것이라는 식의 정확한 예측은 아니었지만 누군가에 의해 진식이 파훼되고 무영 자신이 손쓸 수 없는 상황에 대한 지시도 해놓은 것이다.

서문진충은 그 지시 부분을 몇 번이고 거듭해서 읽으며 머릿속에 숙지시켰다.

"하건아!"

펼쳐 든 두루마리를 말아 가슴에 갈무리한 서문진충은 제자 중 한 명인 동하건을 불렀다.

동하건이 움찔 서문진충을 쳐다보았다.

"동굴에 있는 상자를 모두 가져오너라!"

"알겠습니다, 사부님!"

동하건이 사제 문기수와 함께 신속하게 움직여 두 개의 상자를 가져왔다.

덜컹!

서문진충은 상자 하나를 열었다.

그 상자 속에는 짚으로 만든 여러 개의 허수아비가 차곡차곡 들어 있었다.

그리고 그 허수아비들의 몸체 곳곳에는 몇 장의 부적이 붙어 있었다.

덜컹!

동하건이 나머지 상자 하나도 마저 열었다.

그곳에는 허수아비 숫자만큼의 작은 호리병이 각각 들어 있었다.

"우선 열 개씩 꺼내거라."

서문진충의 지시에 따라 동하건과 문기수가 허수아비 열 개와 호리병 열 개를 꺼냈다.

"그 허수아비의 정수리에 호리병 속에 든 액체를 부어라!"

서문진충은 두루마리에 있는 내용대로 지시를 내렸다.

뽕!

동하건이 먼저 호리병 한 개의 뚜껑을 열었다. 그리고는 그것을 제일 앞에 있는 허수아비의 정수리에 부었다.

"엇!"

동하건이 짤막한 경호성을 토했다.

호리병 속에서 흘러나온 것은 새빨간 선혈이었다.

선혈이란 것은 사람의 몸속에서 빠져나오면 반 시진만 지나도 굳어서 덩어리로 엉긴다. 그런데 호리병 속의 선혈은 자신들이 보관한 지 열흘도 더 되었는데 방금 뽑은 것처럼 줄줄 흘러내리고 있었다.

그것이 동하건을 놀라게 한 것이다.

"으음!"

서문진충 역시 호리병 속의 액체가 피인 줄 모르고 있었는지 옅은 신음을 토했다.

"다 부었습니다."

동하건의 목소리에 서문진충은 고개를 끄덕이며 다가왔다. 그리고는 두루마리의 지시대로 허수아비의 몸체에 붙어 있는 여러 개의 부적 중 이마 한복판에 붙어 있는 것은 떼어내고 준비한 것을 붙였다.

"으아악!"

또 다른 제자 문기수가 갑자기 비명을 질렀다.

부적을 바꿔 붙이자마자 허수아비의 몸에서 푸르스름한 빛이 새어 나오더니 곧바로 부연호의 형상을 만든 것이다.

"으으……."

동하건도 신음을 흘리며 뒤로 물러섰다.

뒤로 물러서고 보니 그 푸르스름한 빛이 만들어내는 부연호의 형상은 더욱 뚜렷하게 보여 실체와 크게 차이 나지 않았다. 아마 십 장 이상만 거리를 두고 본다면 실체와 전혀 구별이 되지 않을 것 같았다.

"이젠 그 허수아비의 심장에 이걸 붙여라!"

서문진충이 한 장의 부적을 문기수에게 내밀었다.

파랗게 질려 있는 문기수였기에 일부러 그에게 시킨 것 같았다.

"으으……."

문기수는 인상을 한번 찌푸리다가 허수아비의 심장에 부적을 붙였다.

"으악!"

문기수는 다시 비명을 질렀다.

심장에 부적이 붙자마자 앉아 있던 허수아비가 벌떡 일어나더니 쏜살같이 아래로 달려 내려갔기 때문이다.

"대체… 이게 무슨 조홧속입니까?"

파랗게 질린 문기수가 서문진충을 보며 물었다.

짚으로 만든 허수아비가 살아나서 펄펄 뛰어다니다니?

그런 것은 기문집(奇文集)에서나 읽어보았지 현실에서 일어나리라고는 생각지 않은 문기수였다.

"네놈은… 마교도가 맞는 것이냐?"

서문진충은 한심하다는 표정으로 문기수를 쳐다보았다.

지금은 거의 실종되거나 천마동에 봉인되어 있겠지만 마교의 본산 무공에는 이것보다 더 괴이한 것도 많았다. 그런데 마교도의 한 명인 문기수가 저렇게 기겁하는 것을 보니 한심하기 짝이 없다는 생각이 들었다.

"이, 이런 건 처음입니다."

문기수는 아직까지 얼이 빠진 모습으로 말했다.

마교의 총단이 무너진 지금 마교 무공의 정수는 맥이 끊어진 것이나 마찬가지였고, 또 음지에서 숨죽이며 사느라 일부러 제대로 가르치지 않은 면도 있었다. 그러다 보니 이런 것에 기겁을 하는 것이다.

"언젠가 본 교의 무공을 제대로 배운다면 저런 정도는 우습게 여길 날도 올 것이다."

서문진충은 씁쓸한 표정과 함께 말했다.

과연 그런 날이 올지, 온다면 그것이 언제쯤에라야 가능할지……. 지금으로서는 일 할의 기대도 가지기 힘들었다.

총단의 유일한 생존자인 부연호!

그가 마령패의 비밀을 풀고 천마동을 찾아 천마의 무공을 익힐 수 있을까? 그래서 예전의 영화를 되찾고 마도 재림을 이룰 수 있을까?

'휴우―'

서문진충은 속으로 길게 한숨을 내쉬었다.

운남성에 세워졌던 총단에서도 하지 못했던 일을 부연호 혼자 할 수 있을 것 같지 않았다.

자신이 볼 때 부연호는 큰 잠재력을 가진 기대가 촉망되는 청년이었지만 독기가 부족해 보였다.

마도 재림의 의무를 떠안지 않고 살았다면 일대의 풍류객으로 이름을 날릴 만한 청년이었다.

서문진충은 다시 한숨을 삼키다가 눈을 빛냈다.
만약 그 청년이라면?
무영이라면 어떨까?
그가 부연호라면 아무 걱정 하지 않아도 될 것 같았다.
마도 재림은 불을 보듯 명확했고 조금도 의심하지 않을 것이다.
'어쩌면…….'
서문진충은 고개를 끄덕였다.
부연호 역시 그런 생각을 했기에 물불을 가리지 않고 지금 무영을 도와주는지 몰랐다.
그 청년이라면 마령패의 비밀을 풀고 천마동을 찾아줄 수 있을지도 몰랐다.
그런데 그 청년은 지금 생사의 기로를 헤매고 있는 것 같았다.
'이럴 때가 아니다.'
서문진충은 얼른 상념에서 벗어나며 상자에 든 또 한 개의 허수아비를 들어 올렸다.
"어서 작업을 계속하도록 해라!"
서문진충이 고함을 지르자 멍하니 부연호의 허깨비가 사라진 곳으로 시선을 고정시키고 있던 동하건과 문기수가 서둘러 신형을 움직였다.

* * *

파앙!

강력한 일장과 함께 지형이 흔들렸다. 그리고 잠시 후 그 흔들리던 지형은 껍질이 벗겨지듯 사라지고 다른 지형이 나타났다.

또 한 개의 진식이 파훼되며 실제의 지형이 드러난 것이다.

'교활하기 짝이 없는 놈들!'

단목상군은 속으로 넌더리를 쳤다.

벌써 스무 개도 넘는 진식을 때려 부수었다. 그러나 그 어느 곳에서도 놈들의 흔적을 발견하지 못했다.

오히려 진식 뒤에서 불식간에 튀어나오는 암기나 독 때문에 적지 않게 신경을 곤두세워야 했다. 그리고 그런 일은 고스란히 시간의 지체라는 결과로 다가왔다.

단목상군은 하늘을 쳐다보았다.

이젠 한 시진이면 해가 지고 어둠이 밀려올 것 같았다. 그 전에 절벽에 설치된 모든 진식을 파훼하고 놈들을 도륙해야 했다.

촉박하긴 했지만 불가능할 것 같진 않았다. 아직 여우 굴은 찾지 못했으나 놈들 역시 절벽 밖으로 빠져나가지는 못했다. 그러니 결국은 발각될 일이다.

단목상군은 진식 뒤의 지형을 한 번 더 면밀히 살핀 후 걸음을 옮겼다.

"엇!"

두어 걸음 움직이던 단목상군은 경호성을 삼켰다.

조금 위쪽 절벽 모퉁이에서 희끗한 무언가가 눈에 들어왔다.

그것은 순식간의 일이라 착각이 아닐까 싶을 정도였지만 분명 사람의 옷자락 같았다.

단목상군은 신형을 솟구쳤다.

그 순간 건강한 체격을 한 인영의 모습이 보였다.

얼굴 반쪽에 금빛 가면을 쓴 인간!

마교 총단에서 온 주마룡이란 놈이었다.

'이런!'

막 주마룡 부연호를 향해 일장을 날리려는 순간 부연호는 절벽 아래로 신형을 날렸다.

'엇!'

단목상군은 다시 경호성을 삼켰다.

아래쪽 절벽은 그야말로 칼날 같은 바위들이 죽순처럼 튀어나와 있었고, 높이도 수십 장에 달했다. 아무리 경공의 달인이라 해도 그곳으로 떨어지면 뼈도 추리지 못할 것이다. 그런데도 부연호는 거리낌없이 뛰어내렸고, 순식간에 모습이 사라졌다.

"저곳에도 무슨 수작을 부려놓았단 말인가?"

선인봉 정상에서도 그런 식으로 동료를 안고 사라졌으니 저곳에서도 그러지 말라는 법은 없다.

단목상군은 신속히 땅을 박차며 아래쪽으로 신형을 날렸다.

쉬이익—

무서운 속도로 절벽이 다시 보이는 아래쪽에 도착했을 때 단목상군은 당혹감을 느낄 수밖에 없었다.

무슨 수작을 부려놓고 다시 몸을 숨겼을 줄 알았던 부연호가 절벽 아래쪽 바위 위에 서 있었던 것이다.

그렇다면 저 높이에서 정말로 경공을 펼쳐 저곳에 착지했다는 말인데, 그건 정말 말이 되지 않았다.

분명히 놈은 중간에 무슨 장치를 해놓았고, 그것에 의지해서 저곳까지 무사히 내려온 것이다. 그리고 아래쪽은 절벽이 끝나고 산 중턱이 이어지고 있었다.

'어쨌든 도륙하면 그만이다.'

단목상군은 쾌속하게 우수를 뻗었다.

휘익!

단목상군이 막 장력을 내뿜으려는 순간 부연호가 땅을 박차며 질풍처럼 달려 내려가기 시작했다.

'죽일 놈!'

단목상군은 터져 나오려는 역정을 속으로 삼키며 경공을 펼쳤다.

쐐애액!

경공을 펼치는 부연호의 신형은 마치 무게가 없는 바람 같았다.

허공에 떠서 날아가는 가랑잎처럼 너무도 가볍게 치달려 내려가고 있었다.

파앗—

단목상군은 앞에 솟아오른 작은 바위를 세차게 밟았다.

휘이잉—

그의 신형이 유성처럼 쏘아지며 부연호와의 거리를 좁혀 갔다.

부연호는 더 이상 뽑아낼 힘이 없는지 그 속도 그대로 아래로 달려나가고 있었다.

"이놈!"

사정거리에 들어왔을 때 단목상군은 천둥 같은 고함과 함께 일장을 날렸다.

퍼엉!

강맹한 일장이 부연호의 등을 향해 쏘아져 갔다.

너무나 강력한 일장이어서 피할 엄두도 못 내는지 부연호는 그 자세 그대로 앞으로만 치달려나갔다.

퍼억!

부연호의 등에 단목상군의 장력이 격중되며 파육음이 터졌다.

그러나 건장한 부연호의 체격에 비해 터져 나오는 파육음이 너무 가볍다고 느껴지는 순간 부연호의 몸이 왕창 터져 나갔다.

"헛!"

경호성을 삼키기만 하던 단목상군은 이번에는 참지 못하고 밖으로 내뱉고 말았다.

자신의 장력을 등에 맞고 폭발하던 부연호의 신형은 꺼지듯 사라지고 그곳에서 지푸라기들이 춤을 추듯 허공으로 휘날렸다. 그리고 몇 장의 부적이 그 위를 부유했다.

"상문의 귀부혈환술(鬼符血幻術)!"

단목상군은 신음처럼 중얼거렸다.

자신의 감각마저 감쪽같이 속인 귀부혈환술이었다.

부적으로만 된 허상이었다면 절대로 속지 않았을 것이다.

허수아비에다 인간의 피를 넣어 생기마저 스며 나오게 만들었기에 속절없이 속은 것이다.

"이, 이런 찢어 죽일 놈들!"

단목상군은 마침내 노성을 터뜨렸다.

공력을 잔뜩 실은 그의 고함이 절벽을 쩌렁쩌렁 울리게 만들었다.

"지금이다!"

또 다른 은신처에서 기회를 보고 있던 부연호는 고함과 함께 세차게 땅을 박찼다. 그 뒤를 따라 머리가 하얗게 탈색된 허복양이 신형을 날렸다.

'제발 무사하시길…….'

부연호와 허복양을 따라갈 능력이 되지 않은 마소창은 두 사람, 아니, 무영까지 합해 세 사람이 무사하기를 간절히 빌며 허복양이 건네준 보따리 하나를 들고 절벽 위쪽을 향해 신속히 움직였다.

第六十七章
필사의 도주

징봉권인

"아악!"

동굴 속에서 강운설의 보살핌으로 정신을 차린 염예령은 비명을 질렀다.

꿈인지 생신지 구분도 안 되는 상태에서 겨우 눈을 뜨니 귀신같은 노란 머리카락에 파란 눈동자의 괴물이 바로 코앞에서 내려다보고 있었기 때문이다.

"저리 비켜!"

염예령은 고함과 함께 후다닥 몸을 굴리며 얼른 동굴 옆으로 이동했다.

동굴 한쪽 구석에 몸을 피한 염예령은 품속에 넣어두었던 단검을 꺼내 들고 강운설을 겨냥했다.

'암 표범이로군.'

강운설은 어이없다는 표정으로 염예령을 쳐다보며 고소를 삼켰다.

어떻게 저 여인이 이곳까지 왔는지는 모르겠지만 절벽 꼭대기에서 이곳까지 떨어져 내렸다면 깨어나도 운신이 불가능할 정도로 넋이 나가 있을 터인데 정신을 차리자마자 순식간에 동굴 옆쪽으로 몸을 옮겨 단검까지 꺼내 대항하려 하고 있다.

"적이 아니니 경계하지 말아요."

강운설이 차분하게 염예령을 달랬다.

"당신……?"

금발에 파란 눈을 한 괴물의 입에서 한어가 흘러나온다는 사실이 예상 밖이란 표정과 함께 염예령은 강운설을 뚫어져라 쳐다보았다. 그러는 중에도 손에 든 단검에는 조금도 힘을 빼지 않았다.

"당신… 사람인가요?"

염예령이 아직도 제정신이 아닌 듯한 목소리로 물었다.

정신이 조금 돌아오자 절벽에서 떨어질 때의 생각이 났다. 그러다 보니 이곳이 이승인지 저승인지 구별이 되지 않았다. 그런 차에 귀신같은 모습의 강운설이 저승의 요괴로 여겨진 것이다.

"왜요? 이곳이 저승이란 생각이 드나요?"

염예령의 속마음을 짐작한 강운설이 실소를 머금으며 말했다.

"그보다… 당신, 아니, 어떻게 내가……?"

염예령은 자신의 전신을 살펴보았다.

수백 장 절벽에서 떨어져 내렸으면 뼈도 못 추릴 것이 당연했는데, 몸 어느 곳에도 상처를 입거나 다친 곳이 없었다.

그 모든 것이 염예령으로 하여금 현실감을 잃게 하고 있었다.

"이곳은 저승이 아니고 선인봉 절벽 아래에 있는 동굴이에요. 그러니 걱정 말아요. 그런데 당신은 누구죠?"

강운설은 눈 사이를 모으며 염예령을 쳐다보았다.

절벽 위에서는 무영과 사운혁의 대결이 있었을 것인데 이 여인은 왜 같이 떨어져 내렸단 말인가?

시키는 대로만 하려고 했지만 뭐가 어떻게 돌아가는지 너무나 궁금했다.

"그러는 당신은 누구죠? 그리고 왜 내가 이곳에 있죠? 아니… 그것보다 무영, 무영 공자님은?"

이곳이 저승도 아니고 또 요괴의 소굴도 아니란 것을 인식하며 제정신이 돌아온 염예령은 비명을 지르듯 질문을 던졌다.

부연호에 의해 무영과 같이 떨어졌는데 그 두 사람은 보이지 않고 자신만 이곳에 있으니 두 사람에 대한 걱정이 해일처럼 밀려온 것이다.

"당신… 그 사람을 아나요?"

강운설은 염예령이 무영을 안다는 것이 이해가 가지 않았기에 의구심 가득한 눈으로 염예령을 쳐다보았다.

"공자님은 어떻게… 어떻게 됐나요? 무사한가요?"

강운설의 질문에는 아랑곳 않고 염예령은 다그치듯 물었다.

"떨어질 때부터 무사하지 않았잖아요? 대체 위에서 무슨 일이 있었던 거죠?"

강운설은 조금 높아진 음성으로 다시 물었다.

자신이 알기엔 마귀에게도 당하지 않을 무영이다. 그런 그가 한눈에 보아도 산송장이나 마찬가지로 부연호와 함께 여기로 떨어진 사실은 도무지 이해가 되지 않았다.

같이 떨어졌던 부연호가 설명할 틈도 없이 급하게 뛰어나갔기에 그 궁금증은 더욱 증폭되었다.

"무황성주… 그 악마 같은 인간이 나타……."

"뭐라구요?"

염예령의 말을 자른 강운설은 고함과 함께 튀듯이 몸을 일으켰다.

"무황성주라니? 그가 왜?"

강운설은 뭘 잘못 듣지 않았나 싶은 눈으로 염예령을 쳐다보았다.

염예령의 눈에서 증오의 기운이 폭포수처럼 흘러나왔다.

제자를 흡정의 대상으로 삼아 야욕의 제물로 희생시킨 그!

자세한 사정까지는 몰랐지만 그것만으로도 그는 철저한 위선자요, 대악인이었다.

그러나 지금은 그걸 설명할 마음의 여유가 없었다.

"그걸 설명하려면 길어요. 그것보다는 무영 공자님은 어떻게 되었어요?"

염예령은 처음 했던 질문을 다시 했다.

"죽지는 않았어요. 부연호 공자님이 사형에게 간다면서 업고 달려나갔으니 아마도 사형이란 사람에게서 무슨 도움을 받고 있을지 몰라요."

강운설은 자신이 짐작하는 사실을 간단히 말했다.

"정말, 정말 죽지 않은 거죠?"

염예령은 여전히 걱정을 지울 수 없는 표정으로 재차 물었다.

강운설은 고개를 끄덕거려 대답을 대신했다. 그러나 염예령의 표정은 조금도 달라지지 않았다.

절벽 아래로 떨어졌으면서도 어떻게 살아났는지 아직도 알지 못하는 그녀였기에 무영의 상태가 더 나빠지지 않았는지 안심이 되지 않은 것이다.

"이러고 있을 때가 아니에요. 공자님을 도와드려야 해요."

염예령은 얼른 몸을 일으키며 당장에라도 달려나갈 듯 동굴 밖을 쳐다보았다.

"어떻게 돕겠다는 거죠? 단목상군을 상대로 대결이라도 벌일 건가요?"

위기의 순간 염예령이 돌을 던져 무영의 목숨을 한 번 구했다는 것을 알지 못하는 강운설은 어이없는 심정으로 대꾸했다.

"찾아보면 도울 일이 있을 거예요."

강운설의 차가운 표정을 묵살한 염예령은 얼른 동굴 밖으로 신형을 움직였다.

"이봐요!"

강운설은 당혹스런 표정으로 고함을 질렀다.

조금 전까지 저승 문턱에 발을 디디고 섰다가 겨우 빠져나와 제정신이 아니었던 염예령이다. 그런데 채 일각도 지나지 않아 그녀는 다시 저승 문을 향해 달려가고 있었다.

"아직 제정신이 안 든 모양이야."

고개를 흔든 강운설도 어쩔 수 없이 동굴 밖으로 신형을 날렸다.

*　　*　　*

휘이익—

귓전을 스쳐 가는 바람이 날카로운 파공음을 토했다.

흡사 고막을 후벼 파는 듯한 파공음은 그만큼 빠른 경공을 펼치고 있다는 반증이었다.

파앗—

바위 끝을 밟은 부연호의 신형이 다시 포탄처럼 앞으로 쏘아졌다.

혼자의 몸도 아닌, 축 늘어진 무영을 업은 상태였지만 부연호의 신형은 바람처럼 산 아래를 향해 질주해 나갔다.

숲이 울창해 시야가 제대로 확보되지 않았지만, 웬만한 나뭇가지는 그대로 치고 나가고, 작은 바위들은 그 끝을 박차고 뛰어내리며 부연호는 최대한 직선으로 아래를 향해 치달렸다.

귀부혈환술로 단목상군을 속여 절벽 아래쪽까지 유인했지만 계속해서 속지는 않을 것이다. 또한 그로 인해 번 시간은 이각이 채 되지 않을 것이다.

그 이각의 시간 동안 달려 내려가 또 다른 장소까지 도착해야 한다.

파앗—

부연호는 가일층 세차게 경공을 펼쳤다.

그사이 간격이 벌어졌는지 뒤를 따르던 허복양의 기척이 느껴지지 않았다.

무영을 환생시키기 위해 자신의 선천지기를 쏟아붓고 노

인 같은 몰골로 변한 그는, 처음에는 조금도 뒤처지지 않고 부연호를 따랐지만 반 각이 지나지 않아 차츰 뒤처지기 시작했다. 그 결과 지금은 기척조차 느껴지지 않았다.

'잠시 기다릴까?'

부연호는 허복양이 따라올 때까지 지체할까 갈등했다. 그러나 이내 더욱 세차게 땅을 박찼다.

다음 장소는 허복양도 익히 알고 있었다. 그리고 조금 뒤처지긴 했지만 그 역시 파황객의 후예이다. 또한 환과 술에 있어서는 오히려 무영보다 더 뛰어난 능력을 지니고 있으니 자신의 한 몸 정도는 충분히 지킬 수 있을 것이다.

"이젠 얼마 남지 않았네. 제발 그때까지만 버티게, 친구!"

부연호는 축 늘어진 무영에게 응원을 보내며 땅을 박찼다.

쉬이익—

'저건?'

바람처럼 앞을 향해 치달려가던 부연호는 왼쪽 숲에서 들려오는 한줄기 소음에 머리끝이 곤두서는 느낌을 받았다.

절정의 경공을 펼칠 때 나는 소리였다.

저런 정도의 경공술을 펼칠 수 있는 사람은 강호에서 열 명을 넘지 않을 것이다. 그리고 이 선인봉 산자락에서는 단 한 사람밖에 없다.

무황성주 단목상군!

허복양과 서문진충 일행이 준비해 놓은 그 많은 환술과 속임수를 모조리 깨뜨리고 어느새 지척까지 따라붙은 것이다.

"마귀 같은 인간!"

부연호는 이를 악물었다.

이젠 조금만 더 가면 다음 목적지이다. 그곳까지만 무사히 가면 생로가 열린다.

정교한 기관에 어우러진 진식, 그리고 상문의 총화가 담긴 결계!

그곳이라면 아무리 단목상군이라 해도 두 시진은 잡아둘 수 있었다. 그리고 그 시간 동안 자신들은 무당파의 영향권에 도착할 것이다.

단목상군이 아무리 백도제일인자라 하지만 무당파의 영향력이 미치는 곳까지 쫓아와서 모습을 드러내지는 못할 것이다.

그런데 운명은 자신들의 편이 아닌 것 같았다.

준비된 곳까지는 반 각은 더 치달려야 도착할 수 있을 터인데 단목상군의 기척은 급속도로 빨라지고 있었다.

휘이익!

부연호는 바위 뒤로 돌아 무영을 내려놓았다.

무영을 업은 상태에서 더 이상 도주하는 것은 무의미했다.

단목상군은 자신의 기척을 간파하고 무서운 속도로 쫓아오고 있었다. 이런 상황에서 계속해서 달리다가는 뒤에서 날아오는 장력에 무영이 정통으로 격중당할 위험이 있었다.

휘익—

한줄기 바람 소리와 함께 시커먼 물체가 유령처럼 숲을 뚫고 나타났다.

예상한 대로 단목상군이었다.

바람을 방불케 하는 경공 속도와는 달리 그의 신색은 조금도 흐트러지지 않았고 숨소리 역시 산책을 하는 것처럼 고요했다.

진기가 폭주하는 무영과의 대결에서 큰 낭패를 겪기도 했지만 사운혁의 단전에 응축되었던 옥혈진기를 모두 자신의 단전으로 옮겨 담은 그는 이젠 또 한 차례 탈피를 한 것이다.

부연호는 얼른 바위를 돌아 나왔다.

"정말 지겨운 놈들이구나."

경공을 멈추고 부연호와 마주 선 단목상군은 낮은 호흡 한 번과 함께 말을 뱉었다.

백도제일성인 무황성의 성주!

그리고 백도무림의 최강자라 해도 손색없는 그!

그런 그가 이곳 선인봉에서는 삼생을 합쳐도 겪을 수 없을 만큼의 치욕을 겪었다.

그런 생각들이 숨길 수 없는 살기로 바뀌어 단목상군의 눈을 통해 흘러나오고 있었다.

'흐읍!'

숨을 쉬기조차 힘들 정도로 사방을 조여오는 기운에 부연호는 진기를 끌어올리며 심호흡을 했다. 그러나 동아줄처럼 몸을 옥죄어오는 기운은 조금도 옅어지지 않았다.

부연호는 태어나서 처음으로, 아니, 두 번째로 등줄기에서 식은땀이 흐르는 것을 느꼈다.

그 첫 번째의 경험은 무영과 맞섰을 때다.

아무리 불구덩이에서 기어나와 산송장이나 마찬가지였던 자신을 구해준 사람이지만 마령패를 소지한 자신이 앞으로 삼 년간만 도와달라는 무영의 말을 사흘 굶은 놈 음식 그릇 받아 들 듯 받아들일 순 없었다.

말이 도와달라는 것이지 그 뜻은 삼 년 동안 시키는 대로 따르라는 것이었다.

또한 그때는 무영이 누구인지 전혀 모르는 상태였다.

부연호는 콧방귀를 뀌며 검을 뽑아 들었고 무영은 아무것도 꺼내지 않고 적수공권으로 조용히 마주 섰다.

호기롭게 검을 뽑아 든 것까지는 좋았는데 도저히 빈틈을 찾을 수 없었다. 아니, 어느 한 군데도 빈틈 아닌 곳이 없었다.

더 나아가 그 빈틈은 실체를 가늠하기 힘든 허공으로 바뀌었다. 또 허공인가 싶으면 그곳은 어느 순간 날카로운 독니를 숨긴 실체 같았다. 그곳을 향해 검을 겨누면 그 실체는 무저갱 같은 암혈로 다가왔다.

그때 처음으로 등줄기에 식은땀이 주르르 흘러내렸다.

계집애 빰치게 생긴 서생 같은 놈이라 생각했는데 맞서고 보니 소름 끼치게 만드는 거망(巨蟒)이었다.

근원을 알 수 없이 괴이한, 그러면서도 마련의 어떤 무공보다 패도적인 무영의 무공은 천 길 높이의 절벽 같았다.

그때 느낀 아득함이 다시 밀려왔다.

부연호는 가일층 진기를 끌어올렸다.

"이젠 그만 끝을 내야겠구나. 네놈들에겐 한 평의 공간도 허용하고 싶은 마음이 없으니."

단목상군은 자신의 속마음을 남김없이 드러냈다.

시간이 더 지나면 어떤 이무기로 성장할지 상상이 가지 않는 놈들이었다.

그땐 오늘보다 수십 배는 더 어려울 것 같았고, 자신의 총력을 쏟아부어도 양패구상의 피해를 입을 것도 같았다.

더 이상 성장하기 전에 기필코 싹을 잘라야 할 것이다.

"세상 모든 공간이 당신 것이라 착각하는 모양이군? 그런 자들의 말로는 하나같이 비참하지."

부연호가 입술을 비틀며 대꾸했다.

"길게 말상대할 시간이 없다. 그만 가거라!"

단목상군은 말을 끝내기도 전에 우수를 쭈욱 뻗었다.

그의 우수에서 공간을 찢어버리는 듯한 섬광이 일며 강력한 일장이 터져 나왔다.

애초의 계획과는 전혀 다르게 지체된 시간 속에 그는 초조함을 느끼며 단번에 쓸어버릴 듯 강력한 장력을 터뜨렸다.

콰앙!

폭음이 울리며 부연호의 손바닥에서도 장력이 터졌다.

'크윽!'

쌍장을 뻗어 단목상군의 장력을 마주하던 부연호는 속으로 비명을 터뜨렸다.

단 한 번의 마주침에 온 어깨가 탈골되는 것 같았다. 동시에 심맥마저 파열될 것 같은 충격을 받았다.

다시 단목상군의 장력이 해일처럼 밀려왔다.

이번 역시 어서 무영과 부연호를 처치하고 모든 것을 덮어버리겠다는 마음이 고스란히 담긴 일장이었다.

"으윽!"

쌍장을 마주친 부연호는 뒤로 밀려나며 신음을 토했다.

가쁜 호흡 속에 선혈의 냄새도 느껴졌다. 내상과 함께 혈맥 몇 가닥이 터진 것이리라.

콰앙!

다시 손목과 팔에 쇠망치를 두드린 것 같은 충격이 전해지며 부연호는 주르르 뒤로 밀렸다.

이렇게 두 번만 더 밀려 나가면 무영을 눕혀둔 곳까지 도달할 것이다.

그러면 단목상군은 한꺼번에 처단하려 할 것이다.

'이판사판이다!'

도저히 자신의 적수가 아님을 느낀 부연호는 입술을 깨물며 무거운 공력을 끌어올렸다.

혈마귀환(血魔歸還)!

아직 완전히 익히지도 못했고 한번 펼치면 내력의 소모가 너무 심해 탈진해 버리거나 까닥 잘못하면 주화입마에 이를 수도 있는 무공이었다.

하나 지금 단목상군을 잠시나마 막을 수 있는 방법은 그것뿐이었다. 그 뒤의 일은 하늘에 맡길 뿐이다.

우우웅!

부연호의 쌍장에 어려가던 붉은 기운이 순식간에 전신으로 퍼져 나가 온몸을 감쌌다.

어느새 부연호는 피를 뒤집어쓴 혈인 같은 모습으로 변했다.

"기필코 없애야 할 놈들!"

단목상군은 눈살을 찌푸리며 천뢰검에 진기를 주입했다.

천뢰검이 순식간에 솟아나며 시퍼런 독니를 드러냈다.

"하아앗!"

핏빛으로 물든 부연호의 손이 앞으로 뻗어 나왔다.

츠츠츠츠!

폭음도 울리지 않은 채 핏빛 장력이 부연호의 손에서 뻗어 나왔다.

손에서 터지는 순간 그 핏빛 장력은 거대한 아수라 형상으로 변해 단목상군을 향해 덮쳐 갔다.

크아아앙!

야수의 울부짖음 같은 포효와 함께 아수라의 얼굴에 있는 커다란 입이 쩍 벌어지며 단목상군의 전신을 집어삼킬 듯 짓쳐들었다.

"모두 사라져라!"

단목상군은 커다란 고함과 함께 천뢰검을 위에서 아래로 쭈욱 그어 내렸다.

평소에는 단검이었다가 진기를 불어넣어야 보통의 검만큼 길어지는 천뢰검이었지만 그 검에서 쏟아지는 검기는 벽력을 방불케 했다.

츠츠츠츠!

폭발하는 듯한 검기가 핏빛 아수라 형상을 모조리 찢어발기려는 듯 쏟아져 나갔다.

황금색 빛줄기와 핏빛 아수라 형상이 부딪치며 세상의 모든 시간이 잠시 멈춘 듯한 착각을 불러일으키게 했다.

그리고 다음 순간!

콰콰콰쾅!

핏빛 아수라 형상에 금이 가기 시작했다. 뒤이어 혈마귀환의 초식은 모조리 와해되어 공간 속으로 스러져 버렸다.

"크윽!"

부연호는 답답한 비명과 함께 비틀거리며 뒤로 밀려났다.

자신의 모든 공력을 한꺼번에 끌어올려 몰아쳐 간 혈마귀환의 초식이었다.

그것으로 단목상군을 쓰러뜨리지는 못하더라도 한동안 주춤거리게 만들 것이라고 기대했다. 그리고 그 순간을 이용하여 사력을 다해 생로를 찾을 생각이었는데 모든 게 수포로 돌아가 버렸다.

무황성의 절대자 단목상군은 예상보다 훨씬 더 강했다.

무영과 대적했을 때의 아득한 절벽을 마주한 것 같은 절망감이 다시 전신으로 엄습해 왔다.

"마물들이로고……!"

단목상군은 야차 같은 표정과 함께 부연호를 향해 천리검을 들어 올렸다.

"옴 아모라 다라나 바라하……."

천리검에서 신랄한 검기가 뻗어 나오려는 순간 주변을 온통 감싸는 듯한 무거운 주문이 흘러나왔다. 그리고 그 주문과 함께 강력한 압력이 단목상군의 등을 향해 압박해 들었다.

부연호의 목을 향해 천리검을 내려치려던 단목상군은 즉시 검의 궤적을 틀어 세차게 휘둘렀다.

휘이잉—

천리검에 부딪친 부적들이 난무하는 꽃잎처럼 허공으로 치솟았다가 다시 한곳으로 모여들며 단목상군을 향해 표창처럼 날아들었다.

마치 만천화우를 연상케 하는 수법이었다. 다른 것이 있다면 꽃잎 대신 부적이라는 점이었다.

"요사스런!"

단목상군은 고함과 함께 검을 풍차처럼 휘둘렀다.

천뢰검에서 폭사된 검기가 용권풍처럼 와류하며 날아드는 부적들을 베어나갔다.

휘스스스―

다시 부적들이 산산조각 나며 허공으로 흩날려 올랐다. 그리고는 허복양의 손을 향해 날아갔다.

휘익!

허복양은 손을 흔들어 가루가 되어 흩날리는 부적들을 회수했다.

수만 조각의 가루가 되어 흩날렸던 부적들은 허복양의 손에 회수될 때는 어느새 온전한 열 장의 부적으로 변해 있었다.

단목상군은 인상을 찌푸리며 허복양을 노려보았다.

노인처럼 머리가 하얗게 탈색된 허복양!

하는 짓으로 보아 무영의 사형이라는 놈 같은데 그 모습은 사전에 입수한 정보와 너무나 달랐다.

그것이 단목상군을 잠시 혼란에 빠뜨렸다.

[자넨 어서 사제를 데리고 가게.]

단목상군이 잠시 혼란해하는 틈을 타 허복양은 부연호에

게 전음을 날렸다.

비틀거리던 신형을 겨우 추스른 부연호는 허복양을 쳐다보았다.

머리카락뿐만 아니라 얼굴 역시 노인처럼 변해 버린 허복양이다. 또한 무영을 업고 경공을 펼치는 자신을 따라오지 못할 만큼 진기가 빠져나간 상태였다.

그런 그를 단목상군 앞에 혼자 두고 떠난다는 것은 범 앞에 양 한 마리를 두고 떠나는 것과 마찬가지였다.

[사형… 그럴 수는…….]

[어서!]

부연호의 대답이 끝나기도 전에 허복양은 다시 전음을 날렸다.

이번의 전음은 칼날처럼 날카롭고 천둥을 치듯 강하게 부연호의 고막을 때렸다.

부연호는 움찔 신형을 굳혔다.

언제 어떤 때든 고승같이 고요했던 평소 모습과는 상상도 할 수 없을 정도로 다른 변모였다.

[어서 가게! 어서 가서 사제를 되살리게. 그게 자네의 일일세.]

허복양은 다시 전음을 날렸다.

이번에도 역시 칼로 고막을 후벼 파는 것 같은 강경한 음성이었다.

그 거역할 수 없는 강철 같은 음성에 부연호는 주춤주춤 걸음을 옮겼다.

마치 주술에 홀린 것도 같았고 굵은 동아줄에 꽁꽁 묶인 것도 같았다.

개미 한 마리 못 죽일 것 같던 허복양은 지금 부연호마저 항거할 수 없는 기운을 뿜어내는 사람으로 변모해 있었다.

"섯거라!"

바위 옆으로 걸음을 옮기는 부연호를 쳐다본 단목상군이 고함과 함께 천뢰검을 들어 올렸다.

"네놈이야말로 꼼짝 말고 게 섯거라!"

허복양이 고함을 지르며 단목상군을 향해 부적을 든 손을 앞으로 내밀었다.

손가락 사이에 꽂힌 부적들에서 시퍼런 귀기가 뭉클 피어올랐다. 그리고 그 기운은 금방이라도 심혼을 흩어놓을 듯 일렁거리고 있었다.

단목상군은 단전 한쪽이 부적에서 뻗어 나오는 기운에 같이 일렁거리는 느낌을 받으며 눈살을 찌푸렸다.

창검이나 도가 인간의 신체를 베고 가르며 상처를 입힌다면, 부적에서 일렁거리는 저 기운은 심혼을 베고 가르며 상처를 입힐 것이다.

피가 튀고 살이 갈라지는 상처와는 다르겠지만 저 기운에 당한다면 도검에 당하는 것보다 훨씬 더 큰 충격을 받을 것 같았다.

저런 무시하지 못할 기운을 무공에 접목시키고 자신들만의 방법으로 발전시킨 상문이기에 파황객 같은 고수를 탄생시킨 것이리라.

단목상군의 얼굴에 순간적인 갈등이 번져 갔다.

부연호가 향하는 바위 뒤쪽에 무영이란 놈이 있는 것이 틀림없었다.

마음 같아서는 두 놈을 한꺼번에 도륙하고 싶었지만 전혀 생각지도 않았던 또 한 놈의 존재가 절대로 범상치가 않았다.

'무리를 하더라도 한꺼번에 쓸어버려야 한다.'

단목상군의 눈에 진득한 살기가 어렸다.

사운혁의 단전으로부터 옮겨놓은 옥혈진기를 완전히 자신의 것으로 만들려면 연공실에서 식음을 전폐하며 두 달은 수련을 해야 했다. 그러기 전에 과도한 운기를 하게 되면 그만큼의 손실을 입는 것이다. 그것은 정혈이 가득 담긴 피를 밖으로 뿌려대는 것이나 마찬가지였다.

'하지만 어쩔 수 없다.'

마음을 굳힌 단목상군은 천뢰검에 진기를 주입했다.

우우우웅—

천뢰검이 광분하듯 울부짖었다.

"하아앗!"

기합성과 함께 단목상군은 천뢰검을 세차게 휘둘렀다.

파츠츠츠—

자신의 공력에 옥혈진기까지 더한 막강한 내력이 스며든 천뢰검은 온 세상을 다 찢어발길 것 같은 검기를 폭사하며 허복양과 부연호를 함께 덮쳐 갔다.

"옴 바아라……."

허복양은 낮게 주문을 읊조리며 부적 든 손을 크게 휘둘렀고, 바위 뒤로 돌아가려다가 해일처럼 덮쳐 오는 검기게 깜짝 놀란 부연호도 신형을 멈추고 쌍장을 뻗었다.

콰아앙!

단목상군이 펼친 검기는 허복양이 팔을 크게 흔들어 온몸 주위로 둥글게 만든 결계와 부연호의 장력에 한꺼번에 부딪쳤다.

콰아앙—

결계와 검기!

두 기운이 부딪친 곳에서 귀화 같은 불길이 치솟았다.

일순 천뢰검에서 쏟아진 검기에 결계가 산산조각 날 듯 위축되었다.

다시 허복양의 입술이 달싹거렸다.

결계를 찌그러뜨리던 검기가 사라지고 결계도 동시에 사라졌다.

부연호는 부릅뜬 눈으로 허복양을 쳐다보았다.

무황성주 단목상군의 검기를 결계만으로 무력화시킬 수

있다니?

물론 자신의 쌍장도 단목상군의 검기를 막는 데 일조를 했지만 허복양이 펼친 결계는 무서운 힘을 내포하고 있었다.

"쿨럭!"

허복양이 기침과 함께 한 모금의 선혈을 토했다.

과도한 심력을 낭비한 그는 금방이라도 쓰러질 듯 비틀거렸다.

"어서 가게!"

부축하려고 다가오는 부연호를 향해 허복양이 고함을 쳤다.

주문에 걸린 듯 부연호는 쓰러져 있는 무영을 신속히 들쳐 업고는 신형을 날렸다.

"그렇게는 안 된다!"

단목상군이 고함과 함께 천뢰검을 던졌다.

쌔애액—

진기가 가득 담긴 천뢰검은 허공에 신형을 띄운 부연호와 무영을 단번에 양단할 듯 무섭게 회전하며 날아왔다.

검에 실린 가공할 기운에 검이 날아가는 궤적 근처의 나뭇가지들이 폭풍에 휩쓸리듯 옆으로 쏠렸다.

두 눈을 부릅뜬 부연호는 탈주를 포기하고 천근추의 수법을 펼치며 땅으로 떨어져 내렸다.

파앗—

천리검이 아슬아슬하게 부연호의 머리카락 몇 가닥을 자르며 되돌아갔다.

촌각만 늦었더라도 목이 잘릴 뻔한 순간이었다.

부연호의 탈출이 실패로 돌아간 것을 본 허복양은 초조한 표정으로 선인봉의 정상을 향해 시선을 돌렸다.

진력이 고갈되기 일보 직전인 지금의 상태에서 이제 자신이 할 수 있는 일은 단 한 가지밖에 없었다. 그리고 그것은 자신의 힘만으로 되는 것이 아니었다.

'천지신명이시여!'

허복양은 지푸라기라도 잡는 심정으로 눈을 감았다.

第六十八章

마지막 계책

장홍관일

"헉! 헉!"

선인봉 정상에 오른 마소창은 금방이라도 숨이 멎을 듯 연신 가쁜 숨을 토해냈다.

아직까지는 제대로 된 경공술도 익히지 못한 채 미친 듯이 정상으로 뛰어올랐기에 심장이 터져 나갈 것처럼 쿵쾅거렸다.

그러나 한시도 지체할 여유가 없었다.

무황성주 단목상군!

그를 상대로 사투를 벌이는 상황이기에 전력을 다한다 하더라도 삼 할의 가능성도 없을 것 같았다.

하지만 이렇게 모든 것을 끝낼 수는 없었다.

죽는 그 순간까지 젖 먹던 힘을 다 짜내어서라도 생로를 찾아야 했다.

'제발 늦지 않았기를…….'

마소창은 여전히 가쁜 숨을 몰아쉬며 손에 든 보따리를 내려놓았다.

황급히 보따리를 푼 마소창은 그 속에서 작은 향로(香爐)를 꺼내 뚜껑을 열었다.

향로 속에는 한 장의 부적에 감싸여진 향 한 다발이 들어 있었다.

탁! 탁!

화섭자를 꺼내 불을 피운 마소창은 부적에 감싸여진 향 다발에 불을 붙였다.

치이익!

향 다발이 유황이나 된 듯 순식간에 타들어갔다.

마소창은 불이 붙은 향 다발을 급히 향로에 집어넣고는 뚜껑을 닫은 후 향로에 손을 대고 긴 호흡을 이끌었다.

그러나 향이 타오르는 연기는 한 줄기도 피어오르지 않았다.

마소창이 들고 있는 이 향로는 향에 불만 붙여놓으면 타오르는 일반 향로와 향이 아니었다.

상문의 술법이 가미된 이 물건은 진기를 불어넣어야 피어오르는 초혼사라향(招魂絲羅香)이었다.

'제발!'

마소창은 얼굴 가득 땀을 흘리며 향로를 붙잡은 두 손을 부들부들 떨었다.

죽을힘을 다해 선인봉 정상에 올라 향로에 초혼사라향을 태웠지만 연기는 전혀 피어오르지 않았다.

내력이 부족한 탓이었다.

그동안 창자가 끊어지는 고통을 참으며 무영이 가르쳐 준 호흡법과 심법에 매진했다. 그러나 근골이 굳을 대로 굳고 혈맥에 탁기가 쌓일 대로 쌓인 나이였기에 그 성취는 너무도 느렸다.

그것이 답답하여 때때로 속성 무공을 가르쳐 달라고 허복양과 무영에게 떼를 써보았지만 씨도 먹히지 않은 일이었다.

무영이나 허복양의 능력이라면 그런 정도는 충분히 가능할 것 같았다. 그러나 두 사람은 약속이나 한 듯 꿈적도 하지 않았다. 특히 사백 허복양은 노한 표정까지 지으면서 급하게 날을 세운 칼은 금방 무뎌지고, 속성으로 익힌 무공은 파멸의 지름길이라는 말과 함께 그런 식의 수련을 철저히 경계했다.

그 결과 마소창의 단전에는 축기가 거의 이루어져 있지 않았다.

마소창은 지금 그것이 너무나 한스러웠다.

지금은 속성 무공을 익혀 한 줌 혈수로 녹아내린다 하더라도 강력한 내공을 쌓지 못한 것이 후회스러웠다.

마소창은 온 힘을 다해 양손에 진기를 주입했다.

스스스—

죽을힘을 다한 결과 향로에서 붉은 연기가 겨우 한 가닥 피어올랐다. 그러나 여전히 그 양은 너무 미약했다.

이런 식이라면 봉우리 아래까지 초혼사라향이 도달하는데 몇 시진도 더 걸릴 것 같았다.

향로를 자신에게 건네주며 최대한 빨리 향을 피워 올리라 말한 사백의 표정이 떠올랐다.

그때 사백의 표정에는 지푸라기라도 잡는 것 같은 심정이 숨길 수 없이 내비쳤다. 아마도 마소창의 능력으로는 그것이 쉽지 않다는 것을 알고 있었기 때문이리라.

사태가 얼마나 다급했으면 자신에게 이런 일까지 시켰을까 하는 생각에 마소창은 젖 먹던 힘까지 짜내어 내력을 끌어올리려 했지만 끌어올릴 내력 자체가 너무나 미미했다.

주르르—

마소창의 코에서 선혈이 흘러내렸다.

강한 내력의 소유자라면 혈맥이 손상되어 입으로 선혈을 토하겠지만 그럴 만한 수준도 되지 못하는 마소창이었기에 코피만 쏟은 것이다.

"으아아—"

마소창은 너무나 한심한 자신을 느끼며 절규를 토했다.

오장육부를 토하는 듯 고함을 질렀지만 초혼사라향은 여전히 실낱만큼 피어올라 느릿느릿 퍼져 나갔다.

"크흑!"

마소창은 마침내 통한의 눈물을 흘렸다.

단목상군이라는 거대한 벽 앞에 무영은 초주검이 되었고 사백 허복양은 노인처럼 변해 버렸지만, 자신은 아무런 도움도 되지 못한다는 사실이 너무나 통탄스러웠다.

"크흐흐헝!"

마소창의 입에서 이젠 통곡성이 흘러나왔다.

그럼에도 불구하고 초혼사라향의 연기는 조금도 많아지지 않았다.

마소창은 향로에 머리를 찧었다.

이렇게 머리를 찧고 뇌수를 흘려 넣어야 가능하다면 당장에라도 그렇게 할 마소창이엇다.

향로에 너무 세차게 머리를 부딪쳤는지 어디선가 환청이 들려왔다.

"이봐요!"

그 환청이 다시 마소창의 귀에 뾰족하게 부딪쳤다.

마소창은 기겁을 하며 신형을 돌렸다. 그리고는 멍하니 시선을 고정시키고 있었다.

금발에 벽안의 여인!

마치 요괴를 보는 것 같았다.

눈을 끔벅거린 마소창은 자신의 눈앞에 서 있는 저 여인이 요괴가 아니라 부연호가 남긴 표식을 보고 찾아왔던 서문진충 일행이라는 것을 알았다.

그녀를 따라 또 한 명의 여인이 급히 모습을 드러냈다.

"아, 아가씨!"

마소창은 귀신을 본 듯 더 이상 커질 수 없을 만큼 두 눈을 크게 뜨고 고함을 질렀다.

자신이 몸담았던 조양방의 무법자 염예령이었다.

대체 그녀가 이곳에 어쩐 일인가?

마소창은 지금 자신이 무엇을 하고 있는지도 잊은 채 넋 나간 듯 염예령을 쳐다보았다.

"당신, 여기서 무얼 하고 있나요? 그보다 당신 일행은?"

무영과 부연호 등이 있는 곳을 파악하기 위해 염예령과 함께 정상으로 급히 경공을 펼쳐 온 강운설이 고함을 치며 마소창의 주의를 일깨웠다.

"무영, 무영 공자님은 어디 있나요?"

마소창을 알아본 염예령도 달려들며 고함을 질렀다.

너무나 뜻밖의 재회에 정신이 나가 있던 마소창은 깜짝 놀라며 다시 강운설에게 시선을 주었다.

"마침 잘 만났습니다. 어서 도와주십시오!"

마소창은 두 여인의 질문에 답하는 대신 두 손을 감싼 향로를 강운설 앞으로 불쑥 내밀었다.

자신의 질문에는 들은 척도 않고 다짜고짜 향로를 내미는 마소창을 보며 강운설은 주춤 뒷걸음질을 쳤다.

"공자님은 어디 있느냐니까?"

염예령이 다시 고함을 질렀다.

"지금은 이게 더 급합니다. 사부를 돕는 일입니다."

다급한 마소창의 목소리에, 그리고 무영을 돕는다는 말에 강운설과 염예령이 더 이상의 질문을 미루고 주춤 다가들었다.

"이 향로에 내력을 주입시켜 주십시오."

"이게 무엇……?"

"어서!"

마소창의 단호한 고함에 강운설이 향로에 손을 대고 내력을 주입했다.

스스스—

마소창과는 비교할 수 없는 내력이 스며들자 향로에서 피처럼 붉은 연기가 피어올랐다. 그리고는 자욱이 바닥에 깔렸다.

"엇!"

마치 혈관 속을 흐르는 피 같은 연기에 강운설은 짤막한 비명을 토했다.

"아가씨도 도와주십시오!"

마소창은 염예령을 향해서도 고함을 질렀다.

놀란 눈을 한 염예령도 얼른 향로에 손을 대고 내력을 주입했다.

스스스—

핏빛 연기는 더욱 세차게 피어올랐다. 그리고는 산사태라도 만난 것처럼 산 아래를 향해 세차게 흘러내리기 시작했다.

'더 빨리!'

마소창은 자신의 미력한 힘이나마 마지막까지 짜내며 무영이 무사하기를 간절히 빌었다.

*　　　*　　　*

스스스—

핏빛 연기가 바람을 타고 흩날렸다.

향로에서 쏟아져 나올 때처럼 진한 선홍색은 아니었지만 상문의 심법을 익힌 사람들에게 그 연기는 생명의 대기처럼 선명하게 느껴졌다.

'사질이 성공했구나!'

자욱하게 스며 내려오는 혈무의 기운을 느낀 허복양의 안광이 번쩍 빛을 토했다.

고수도 아닌 마소창이 제시간 안에 산정에 도착해서 초혼사라향을 피우는 것은 거의 불가능해 보였다.

그러나 절대로 포기하지 않는 마소창의 독기가 그것을 가능하게 한 모양이었다.

허복양은 급히 품속으로 손을 집어넣었다. 그리고는 여러 장의 부적을 엄지와 검지 사이에 끼우고 손을 들어 올렸다.

"급급여율령…… 차가운 대지에 잠든 어둠의 혼령들이여, 모조리 깨어나라. 급급여율령!"

주문과 함께 허복양은 땅을 향해 부적을 세차게 던졌다.

여러 장의 부적이 칼날이라도 된 듯 빳빳하게 날이 서며 나뭇잎이 수북이 쌓인 바닥으로 꽂혔다. 동시에 부적 속의 붉은 문양들이 번쩍 빛을 내며 땅속으로 스며들었다.

스스스스—

순간 바닥에 수북이 쌓여 있던 낙엽들이 들썩거리며 날아오르기 시작했다.

괴이한 현상에 단목상군은 공격을 멈추고 주춤 뒤로 물러섰다.

사이한 환술임이 분명한데 사방에서 실체감이 느껴진 것이다. 또한 그 실체에서는 칼날이라도 튀어나올 듯한 예기가 같이 느껴졌다.

"끼아악—"

소름 돋는 비명이 울리며 허공에 떠오른 낙엽들이 괴수의 형상으로 뭉쳐 단목상군을 향해 날아들었다.

"요사스런!"

단목상군은 어지럽게 두 손을 흔들었다.

강맹한 장력이 터져 나가며 낙엽들이 허공으로 흩어져 온 사방을 뒤덮었다.

그사이 허복양은 신속히 사방으로 깃대 몇 개를 던졌다.

깃발이 땅에 꽂히자 온 사방에 안개가 일었다. 그리고 그 안개 속에서 일체의 현상이 모두 사라졌다.

산도 사라지고 땅도 사라졌다. 더 나아가 대기의 흐름마저 사라졌다.

남아 있는 것은 오로지 자신뿐이었다.

완벽한 정적의 허공 속에 오로지 자신의 의식만이 존재하고 있었다. 그리고 조금 더 지나면 무애(無礙)의 망망대해 속으로 의식마저 사라져 버릴 것 같았다.

지금 눈앞에 펼쳐진 진법은 상고의 절진이라 할 수 있는 망혼금쇄진(亡魂禁鎖陣)이었다.

완벽한 정적 속에서 인간의 혼백마저 가두어 버리는 절진, 그것이 상문이 수법과 어우러져 가공할 위력을 발휘하고 있었다.

단목상군은 즉시 눈을 감고 전신의 감각을 최대한 일깨웠다.

태고의 정적과도 같은 망혼금쇄진 안에서 자칫 몸이라도 움직여 신경을 분산시켰다간 의식의 분열이 일어나고 걷잡을 수 없는 혼란 속으로 빠져들 것이다.

그렇게 망혼금쇄진은 육신보다는 의식을 먼저 흩어버리는

진식이었다.

단목상군의 이마에서 땀이 흘러내리기 시작했다.

무공의 대결이 아닌, 심력과 심력의 대결!

그것은 무공의 대결보다 더 치열하고 치명적이었다.

더 이상 버텼다가는 심맥이 모조리 파괴될 것 같은 어느 순간, 망혼금쇄진의 한곳에서 미세한 대기의 흐름이 느껴졌다.

일대종사의 수준이 아니면 감지할 수 없는 곳!

그곳이 이 절진의 유일한 약점이었다.

단목상군은 신속히 천뢰검을 내리그었다.

콰아앙—

폭음과 함께 찢겨진 깃발의 잔해들이 허공으로 날아올랐다.

그리고 온 세상을 자욱하게 감싼 것 같던 운무가 걷혀갔다. 뒤이어 대기의 흐름마저 차단했던 완벽한 정적이 걷혀졌다.

"쿨럭!"

허복양은 오장육부에서 짜내는 듯한 기침과 함께 선혈 한 모금을 토했다.

이미 격심한 내력의 손상을 입은 상태에서 다시 큰 내상을 입은 그는 허깨비 같은 신색으로 바닥에 나뒹굴었다.

"사형!"

무영을 내려놓은 부연호가 고함을 지르며 허복양을 향해 달려갔다.

쓰러짐과 동시에 의식을 잃은 허복양은 호흡마저 실오라기처럼 가늘게 이어지고 있었다.

"정신 차리십시오, 사형!"

부연호는 세차게 허복양의 상체를 흔들었지만 그의 의식은 돌아오지 않았다.

호흡과 함께 맥박마저 가늘어진 그는 이제 서서히 죽어가는 모습이었다.

"이제야 모두 처치할 수 있겠구나. 정말 지겨운 놈들이로고."

단목상군은 치가 떨린다는 표정과 함께 세 사람을 향해 다가왔다.

전혀 예상하지 못한 악전고투였다.

한 시진이면 모든 상황을 종식시키고 아무도 모르게 무황성으로 귀환하리라는 생각과 함께 왔는데, 그야말로 피비린내 나는 혈투를 벌였다.

하지만 결국은 자신의 의도대로 되었다.

단목상군은 무영과 부연호를 향해 천천히 걸음을 옮겼다.

빠드득!

부연호는 절망적인 표정과 함께 이를 갈았다.

놈을 떨치기 위해 사력을 다했지만 결국은 모든 것이 수포로 돌아가고 벼랑 끝에 몰린 격이었다.

무영도, 자신도, 그리고 사형 허복양도…….

아직은 단목상군의 상대가 아니었다.

단목상군은 그야말로 거대한 이무기였다.

무영의 치밀한 계획을 무용지물로 만들며 이곳에 불쑥 나타난 것도 그렇고, 이곳에 준비해 놓은 수많은 함정을 그렇게 신속히 파괴한 것 역시 일대종사로서 손색이 없었다.

그런 능력이 있었기에 이대 무황성주가 된 후 짧은 시간 안에 거대한 무황성의 모든 힘을 자신에게로 집중시키고 진정한 무황성의 주인이 된 것이리라.

'정말 여기가 끝인가?'

부연호는 입술을 세차게 깨물었다.

주르르—

깨물린 입술에서 선혈이 주르르 흘러내렸지만 조금도 느끼지 못한 채 부연호는 으스러져라 주먹을 쥐었다.

"이렇게 끝낼 수는 없어. 이렇게 허무하게 끝낼 수는 없단 말이다!"

부연호는 고함을 지르며 사력을 다해 장력을 터뜨렸지만 단목상군이 슬쩍 흔든 손에서 뻗어 나온 장력에 오히려 내상만 입었다.

이미 심한 타격을 받은 몸이 말을 듣지 않은 결과였다.

털썩!

부연호는 바닥에 엉덩방아를 찧었다.

"이럴 순 없어. 저런 위선자 손에 이렇게 죽을 순 없어!"

부연호는 기듯이 무영에게로 신형을 이동시켰다.

"일어나, 이 새끼야! 겨우 이렇게 끝내려고 그동안 그렇게 설쳤단 말이냐?"

부연호는 무영의 신형을 세차게 흔들었다. 그러나 무영은 깊은 잠에라도 빠진 듯 미동도 하지 않았다.

폭주하는 혈맥은 겨우 다스려 놓았지만 식물인간이나 마찬가지였다.

"이 정도 계산도 못하고 그렇게 잘난 체를 했다고? 크하하하!"

부연호는 도저히 헤어날 수 없는 절망감에 실성이라도 한 듯 광소를 터뜨렸다.

죽는 것은 두렵지 않다.

무인의 삶이란 언제나 칼날 위를 걸어가는 것!

한 발만 잘못 디뎌도 그 칼날은 순식간에 목을 향해 날아오고 만다.

그러나 원수는 저렇게 멀쩡히 건재한데 쥐새끼보다 더 초라한 모습으로 생을 끝내는 것은 죽어도 싫다.

원수의 눈알 하나 정도는 빼놓고, 하다못해 손가락 하나라도 자르고 죽고 싶었다.

부연호는 신형을 일으키려 안간힘을 썼다.

학질에라도 걸린 듯 부들부들 떨리는 다리로 부연호는 기어코 신형을 일으켰다.

그리고는 단목상군과 마주 섰다.

핏발 선 부연호의 눈에서는 용암이라도 흘러내릴 것 같았다.

"그 투지만큼은 가상하기 짝이 없구나. 그 점을 높이 사 고통없이 죽여주도록 하마!"

단목상군은 천천히 천뢰검을 들어 올렸다.

찌이잉!

천뢰검이 갓 잡아 올린 생선처럼 퍼덕거렸다.

단목상군은 마지막 순간을 최대한 음미하려는 듯 천뢰검에서 뿜어져 나오는 검기를 만족스런 눈으로 쳐다보았다.

얼음장보다 더 차가운 기운으로 새파랗게 피어오른 검기!

이것이면 아무리 가공할 사술을 익힌 인간이라도 육신은 물론 심혼까지 모조리 잘라 버릴 수 있을 것이다.

우웅—

시퍼렇게 솟아오른 검기가 춤을 추었다.

단목상군은 눈을 가늘게 떴다.

춤을 추듯 출렁거리는 검기!

절대로 바라지 않는 현상이었다.

무언가 강력한 기운에 의해 검기의 발출이 방해를 받고 있었다.

그 생각을 증명이라도 하듯 한줄기 날카로운 기운이 전신을 향해 천천히 몰려왔다.

그 막강한 기운에 천뢰검의 검기가 흔들린 것이다.

휘이익—

극한의 경공을 펼치는 파공음 한 가닥이 고막을 때렸다.

단목상군은 흠칫 신형을 굳혔다.

감정이 격한 흥분 상태였지만 지척에 이르기까지 기척을 느끼지 못했다는 사실!

그것은 천만뜻밖이고 강한 경계심을 자극하는 것이었다.

단목상군은 천천히 신형을 돌렸다.

"멈추시오!"

창노한 음성과 함께 한 명의 인영이 허공에서 떨어져 내렸다.

순식간에 거리를 좁히며 날아와 깃털처럼 표표히 펼쳐지는 극강의 경공술이었다.

"당신은?"

갑자기 나타난 인영의 정체를 인식한 단목상군의 눈이 크게 확대되었다.

탐스러운 수염이 가슴까지 내려온 신선 같은 풍모를 한 초로인이었다.

경건한 도사 복장에 머리에도 단정하게 도관을 쓰고 있었다.

"청현자(青鉉子)……?"

단목상군은 두 눈을 크게 뜬 채 한 개의 도명(道名)을 토해냈다.

그는 현재 화산파를 이끌고 있는 화산 장문인 청현자였다.

무영이 화씨세가까지 동행한 청우자의 대사형으로, 육 년 전에 화산의 장문인이 되어 화산파를 영도하고 있었다.

강호상의 별호는 진혼매화검(鎭魂梅花劍)이었고 화산의 매화이십사검을 십이성 대성하여 현 화산파 최고 고수라고 해도 과언이 아니었다.

그가 도포 자락을 표표히 휘날리며 장내에 내려섰다.

그의 손에는 언제라도 출수할 수 있게끔 매화검이 들려 있었다.

'저자가 왜 이곳에?'

단목상군은 도저히 이해 불능이란 표정으로 청현자를 쳐다보았다.

다른 사람도 아닌, 화산의 장문인이 지금처럼 결정적인 순간에 이곳에 왜 나타났단 말인가?

단목상군은 아무리 생각을 굴려도 이해가 가지 않았다.

"그 검 내려놓으시오, 성주!"

화산파 장문인 청현자는 여차하면 출수라도 할 기세와 함께 한 발 더 다가섰다.

"화산파 장문인이신 청현자께서 이곳에는 어쩐 일이시오?"

단목상군은 여전히 검을 들어 올린 채 청현자를 향해 물었다.

청현자는 날카로운 눈으로 단목상군을 노려보며 입을 열었다.

"성주께서 공격하려고 하는 청년에게 볼일이 좀 있어서이오. 그러는 성주께서는 대체 이곳에 어쩐 일이시오?"

청현자는 서로 마주 보고 있으면서도 믿어지지 않는다는 듯 무황성주의 얼굴을 뚫어져라 쳐다보았다.

신검이 나타났다는 청우자의 전서를 받고 한달음에 화씨세가로 달려온 청현자는 무영이라는 청년에 대해서, 그리고 그의 행적에 대해서 소상히 들은 후 무황성이 절대로 가만히 있지 않을 것이라는 판단은 했지만 성주가 직접 나타날 줄은 상상도 하지 못했다.

엄연히 제자의 싸움이었고, 단목상군은 그동안 제자들을 강하게 키우기 위해 제자들끼리의 암투마저도 대부분 묵인했다.

그런 그가 이곳에 직접 나타나서 설치고 있다는 것은 정말 의외였다.

'그렇군!'

의구심 가득하던 청현자의 뇌리로 한 가지 생각이 날카롭게 스쳐 지나갔다.

단목상군이 이렇게 직접 나타난 것은 그가 무영이란 청년의 정체를 파악하고 있기 때문이라는 생각이 들었다.

상문과 파황객!

천하의 단목상군이라도 그들의 존재는 절대로 무시하지

못할 것이다.

파황객이라면 그의 행보에 가장 큰 걸림돌이 될 수 있기에 단목상군은 미연에 손을 쓰려는 생각을 한 것이 틀림없었다.

파황객이라면 단목상군도 승패를 가늠하기 힘든 고수였지만 그 후예는 아직 어렸다. 그렇기에 아직은 완벽히 다듬어지지 않았을 것이다. 또한 비밀스런 행보 때문에 세상의 주목도 전혀 받지 않은 상태다.

애초에 싹을 자르려면 이곳이 가장 좋은 장소일 수가 있었다.

청현자의 가슴에 불길이 일었다.

만약 무영이란 저 청년이 잘못된다면 신검은 영원히 사라지고 말 것이다.

그것은 그야말로 땅을 치며 한탄할 일이었다.

단목상군을 쳐다보는 청현자의 눈길에서도 불길이 쏟아졌다.

청현자의 시선을 받은 단목상군은 눈살을 찌푸렸다.

이거야말로 다 된 밥에 재를 뿌리는 격이었다.

무슨 볼일인지 모르지만 당장에라도 휘두를 듯 검을 들고 있는 자세는 자신이 무영을 공격하는 것을 절대로 좌시하지 않겠다는 뜻이다.

"장문인께서 이 청년에게 무슨 볼일이 있단 말이오?"

단목상군은 대답 대신 차가운 음성으로 다시 물었다.

"그건 우리 화산파의 사정상 밝힐 수 없소. 하지만 너무나 중요한 일이기에 내가 직접 나선 것이오."

청현자는 간단히 답하고는 무영을 쳐다보았다.

무영은 죽은 듯이 쓰러져 있었다. 겉모습만 보아서는 시체나 마찬가지였다.

청현자의 표정에 초조한 기색이 번져 나갔다.

문파의 일로 운남성에 머무르던 청현자는 화씨세가의 잔치에 참석한 사제 청우자로부터 개방의 천리신구를 통한 급보를 받았다.

급보에는 짤막한 몇 마디 소식만 적혀 있었다.

신검 백진한 조사님의 심득이 출현했으니 차후 조치를 바란다는 내용이었다.

신검!

그 단어를 보는 순간 청현자는 가슴이 터질 듯 부풀어 오르는 느낌을 받았다.

그동안 얼마나 많은 노력을 기울이며 찾으려 했고, 또 얼마나 애타게 기다린 소식이던가?

완전히 사라졌다고 포기했던 상문의 후예가 남아 있어 그 심득을 가져온 것이 틀림없다고 확신한 청현자는 운남성에서의 일은 모두 미루어두고 한달음에 화씨세가로 달려왔다.

청현자가 당도했을 때는 화씨세가의 잔치는 끝나 있었다.

자신을 대신해서 청우자를 보냈음에도 불구하고 잔치가 끝난 뒤에까지 기어코 참석한 화산 장문인 청현자를 보고 화씨세가의 사람들은 큰 감동과 함께 며칠에 걸쳐서라도 극진한 대접을 하려 했다.

하지만 청현자의 관심은 화씨세가의 잔치가 아니었다.

그들의 융숭한 대접을 정중하게 사양한 청현자는 사제 청우자를 숙소로 데려가 급히 그간의 사정을 물었다.

청우자는 자신들이 화씨세가로 오면서 만난 무황성의 밀막과 무영의 등장, 그리고 무영의 머릿속에 백진한 조사님의 심득이 모조리 들어 있다는 사실을 소상하게 설명했다.

"이런 미련한 사람 같으니라고!"

설명을 모두 들은 청현자는 사제 청우자를 향해 불같이 고함을 질렀다.

청우자는 멍하니 청현자를 쳐다보았다.

열 살이 되기도 전에 화산파에 입문하여 지금까지 대사형 청현자와 함께 살아왔지만 대사형이 자신을 미련한 사람이라고 칭한 것은 오늘이 처음이었다.

자신은 결코 미련한 사람이 아니었다.

설사 미련하다 할지라도 대사형의 인품으로 보아 절대로 면전에서 그렇게 고함을 칠 사람이 아니었다.

"어찌 그 청년을 혼자 보낼 생각을 했단 말인가?"

청현자는 청우자의 당혹해하는 심정은 조금도 아랑곳 않고 다시 고함을 질렀다.

"예? 그게 무슨?"

"만사를 제쳐 놓고라도 따라갔어야 하지 않은가 말일세. 만약 그 청년이 잘못되기라도 한다면 어쩔 셈인가?"

청현자는 당장에라도 일어설 듯한 자세로 말했다.

"하지만……."

"하지만이 아닐세. 그 청년이 암기하고 있는 신검의 구절을 당장 적어주지 않은 이유가 무어라 생각하는가? 정말 그 청년이 중요한 구절이 기억나지 않아서 그런다고 생각하는가?"

"그건 아닙니다."

청우자는 고개를 저었다. 그건 처음부터 아니라고 생각했던 터다.

"비급으로 가져오지 않고 머릿속에 넣어온 것은 그 청년의 기억력이 가공한 까닭도 있겠지만 자신이 죽으면 신검의 구절도 따라 죽으니 알아서 하라는 뜻이 아니겠나?"

청현자는 가슴을 두드리며 말했다.

"그렇긴 하지만… 절대로 누군가에게 쉽게 당할 청년이 아니었고, 또 그 청년 곁에는 주마룡이라는……."

"허어!"

청현자는 장탄식과 함께 긴 한숨을 내쉬었다.

"상대는 천하의 무황성일세. 더구나 자네들을 죽여 살인멸구까지 하려 한 자들이라면 어떤 짓도 할 수 있네. 설사 그렇지 않더라도 우리 화산은 그 청년의 일거수일투족을 놓쳐서는 안 되는 상황이 아닌가?"

청현자는 그 말을 끝냄과 함께 바로 화씨세가를 떠나 무영의 행적을 쫓아 이곳까지 달려온 것이다.

휘이익!

청현자가 나타난 방향에서 다시 바람 소리가 들려왔다.

이번에는 한 명이 아닌, 여러 명이 경공을 펼쳐 날아오고 있었다.

청우자와 정화영 일행이 먼저 모습을 드러냈다. 그 뒤로 추풍신개가 열 명가량의 개방도와 함께 나타났다.

마지막으로 무당의 장문인 영진자도 세 명의 제자를 대동한 채 모습을 드러냈다.

그들을 본 단목상군의 표정이 벌레를 씹은 것처럼 변해갔다.

이곳 선인봉 산자락에 놈들이 설치해 놓은 수많은 환술과 함정!

그것들을 모조리 부수었고 더 이상은 막다른 골목이라 생각했는데 저 교활한 놈은 또 하나의 수작을 부려놓은 것이 틀림없다.

"쿡쿡!"

후들거리는 다리로 겨우 서 있던 부연호가 입술을 비틀며 웃었다.

"크큭! 푸하하하!"

부연호는 마침내 광소를 터뜨렸다.

절대로 이렇게 쉽게 끝낼 인간이 아니었는데 너무나 우습게 끝나는 것 같았다.

하지만 역시 이것이 끝이 아니었다.

어떤 수를 썼는지 모르겠지만 화산파의 장문인까지 끌어들였다.

거기에 더해 무당 장문인까지…….

이런 정도라면 아무리 단목상군이라도 어쩔 수 없을 것이다.

"와하하하!"

부연호는 참을 수 없다는 듯 광소를 터뜨리다가 앞으로 푹 꼬꾸라졌다.

"공자님!"

소혜진이 고함과 함께 달려들었다.

단목상군이 살기등등한 기색으로 검을 쳐들고 있었지만 같이 온 사람들의 능력이 어떤지 잘 알기에 조금도 거리낌없이 부연호를 부축했다.

소혜진을 따라 정화영과 조운기도 얼른 신형을 움직여 무영의 곁으로 달려왔다. 그리고는 자신들의 몸으로 무영의 신형을 가렸다.

만약 모든 것을 무시하고 단목상군이 손을 쓴다 하더라도 이젠 그들을 먼저 베어야 할 상황이 되고 말았다.

'교활하기 짝이 없는 놈!'

단목상군은 속으로 이를 갈며 정화영과 조운기의 몸에 가려 있는 무영을 쳐다보았다.

대체 어떤 술수를 펼쳤기에 이곳에 저 인간들이 나타났단 말인가?

화산 장문인 한 명만 나타났다면 눈 질끈 감고 살인멸구라도 시도해 보겠지만 무당 장문인 영진자와 청우자에 이어 개방의 떨거지들까지 나타났다. 저들이 모두 합심해서 달려든다면 오히려 자신이 살인멸구를 당할 터였다.

자신으로서도 예상하지 못할 정도로 술수를 부리는 놈!

저런 놈을 이곳에서 처치하지 못한다면 천추의 한이 될 것이 틀림없다.

단목상군의 손에 자신도 모르게 힘이 들어갔다.

우우웅—

진기의 주입과 함께 천뢰검이 진동음을 토했다.

"멈추라고 하지 않았소!"

검을 치켜든 청현자가 창노한 음성을 터뜨렸다.

무당 장문인 영진자도 양손에 진기를 가득 모은 채 들어 올렸다.

"내 제자를 죽인 놈을 내가 처치하고자 하오. 그러니 당신들이 나설 자리가 아니라 생각하오만."

단목상군은 청현자를 쏘아보며 말했다.

이제는 무영을 처치하여 살인멸구하는 것은 절대로 불가능하다고 인식한 단목상군은 자신이 이곳에 나타나 검을 쳐들고 있는 행위에 대해 최소한의 변명을 하려 했다.

"일대일의 정정당당한 비무를 펼쳐 벌어진 일이라면 아무리 사부라도 나설 수 없는 것이 강호의 율법이 아니오?"

청현자는 조금도 물러서지 않고 대꾸했다.

단목상군의 볼살이 부르르 떨렸다.

거듭되는 끔찍스런 치욕!

그러나 지금으로서는 도저히 어쩔 수 없었다.

검을 든 손까지 부르르 떤 단목상군은 마침내 검을 내렸다.

'오늘의 치욕은 최대한 빨리 갚아주도록 하겠다.'

단목상군은 내심 이를 갈며 청현자와 영진자를 노려보았다.

오늘 이곳에서 방해한 대가로 무당과 화산에게 가장 빠른 시간 내 가장 큰 치욕을 입게 해줄 것이다.

단목상군의 눈이 언뜻 붉은 광채를 토해냈다.

그러나 그 빛은 순식간에 사라져 착각이라는 생각조차 들지 않았다.

"오늘의 일은 잊지 않겠소!"

단목상군은 다짐을 하듯 말한 후 천천히 걸음을 옮겼다.

몇 걸음 옮긴 것 같지도 않았는데 그의 신형은 공간 속으로 빨려들 듯 사라졌다.

第六十九章

회생(回生)

장홍관일

"허어-"

단목상군의 모습이 사라지자 청현자는 긴 탄식을 터뜨렸다.

혹시나 하는 마음으로 이곳까지 오면서도 무황성과 단목상군에 대한 사제의 말을 쉽게 믿을 수가 없었다.

그런데 조금 전 목격한 단목상군의 모습은 야차나 마찬가지였다.

그동안 온 강호에 널리 알려졌던 정인군자의 모습은 눈곱만큼도 보이지 않았다. 자신의 목적을 위해서라면 무슨 짓이든 할 수 있는 효웅의 모습이었다.

특히 그의 눈에서 짧은 순간 뿜어져 나오던 안광!

금방 안으로 갈무리해 버렸지만 절대로 정종의 심법에서 풍겨져 나오는 기운이 아니었다.

패도적이거나 사이롭다기보다는 무언가 음산한 기운이었다. 그러면서도 깊은 호수 속에 웅크리고 있는 정체 모를 괴물의 눈동자와 마주친 것 같은 공포감을 느끼게 했다.

'대체 그것이 무엇일까?'

단목상군이 사운혁으로부터 옥혈진기를 모두 흡수한 것을 알 길 없는 청현자는 풀리지 않는 의혹에 사로잡혔다.

"장 공자! 정신 차리게!"

사제 청우자의 다급한 목소리가 청현자의 상념을 끊었다.

청우자는 무영에게로 달려들어 이곳저곳을 살피고 있었다. 무당 장문인 영진자도 허깨비처럼 쓰러져 있는 허복양의 몸 곳곳을 점혈하며 명문혈에 진기를 주입하고 있었다.

청현자는 급히 무영에게로 신형을 옮겼다.

신검 백진한 조사의 절학을 모조리 머릿속에 담고 있는 무영의 안위는 지금 그 무엇보다 중요했다.

"비켜보게!"

청현자는 사제 청우자를 대신해 무영의 맥문을 잡으며 상세를 살폈다.

"대체 이게 무슨……."

청현자는 탄식처럼 무거운 음성을 토했다.

"왜 그러십니까, 장문 사백님?"

조운기가 무례를 무릅쓰고 청현자에게 질문을 던졌다.

화씨세가에서 작별할 때 다시 만나면 형님으로 모시겠다고 했던 조운기다. 그 재회가 이렇게 빨리 이루어질 줄 몰랐고, 또 이렇게 비참하리라고는 상상도 하지 못했다.

장문인을 따라 이곳 선인봉으로 달려올 때까지도 조운기는 큰 걱정을 하지 않았다.

무영의 능력을 직접 본 그였기에 무황성이 아무리 설친다 해도 쉽게 당하지 않을 것이라 굳게 믿고 있었다. 거기에다 무황성이 대대적으로 움직인다는 징후는 어느 곳에서도 보이지 않는다는 추풍신개의 정보가 있기도 했다.

그런데 그런 무황성의 움직임은 성주가 직접 나서기 위한 사전 공작이었던 것이다.

조운기는 초조한 표정으로 청현자의 입술을 쳐다보았다.

"나로서는 도저히 어떻게 해볼 수 없는 상태이오. 영진자께서 살펴보십시오."

청현자는 고개를 저으며 무당 장문인 영진자에게 도움을 청했다.

상문과 무당파와의 밀접한 관계에 대해 어렴풋이나마 알고 있는 청현자는 영진자라면 무언가 방법이 있을 것이라는 생각을 한 것이다.

"알겠소이다."

현재로서는 무영보다 허복양의 상태가 더 위중했기에 허복양의 혈을 우선적으로 다스린 영진자는 급히 무영에게로 다가와 맥문을 잡았다.

혈맥이 모조리 터져 나가는 극한의 위기는 넘겼지만 여전히 위험한 상태였다.

온 혈맥으로 뛰노는 기운은 용암처럼 들끓어 마부도 없이 급한 경사를 굴러 내려가는 수레처럼 위험했다.

이런 상태라면 언제 다시 폭주하여 혈맥을 터뜨릴지 모를 지경이었다. 다행히 혈맥이 터지지 않는다 하더라도 이런 상태가 지속되면 심맥에 심각한 손상을 입을 수 있다. 그렇게 되면 육체적으로는 치료가 되어도 정신적으로는 백치가 될 가능성이 농후했다.

'인연의 사슬은 참으로 질기구나!'

영진자는 무영의 얼굴을 쳐다보며 속으로 탄식했다.

여러 대 전의 무당의 장문인이었던 일검진천 운현자 조사님께서 주화입마에 빠졌을 때 당시 상문 문주 종하기가 찾아와 조사님을 치유시켰다. 그때의 인연과 은원이 오늘까지 이어져 자신의 대에서 청산을 요구하고 있었다.

그때 상문 문주 종하기가 맡긴 현천심공!

그것은 이날을 위한 준비였던 것이다.

차후 이 청년이 무당을 찾아오면 현천심공의 비급을 건네주어 그 빚을 갚으려 했지만 지금은 그럴 여유가 없었다.

비급 대신 자신이 익혔던 현천심공의 진기를 바로 전해주어야 할 것 같았다.

"호법을 좀 서주시지요."

무영을 억지로 앉히고 명문혈에 손을 댄 영진자는 현천심공의 구결을 떠올렸다.

심공의 구결이 뇌리에 떠오르자마자 자연스럽게 운기가 되었다.

무당의 여러 심공과는 너무나 이질적인 심공!

그 기운이 단전을 통해 천천히 혈맥으로 흐르고 장심을 통해 무영의 명문혈로 흘러들었다.

'우웃!'

영진자는 속으로 경호성을 삼켰다.

현천심공의 기운이 자신의 장심을 통해 무영의 명문혈로 스며드는 순간, 그 기운은 마치 강력한 자석에라도 끌리는 듯 무영의 명문혈로 급속히 빨려들기 시작한 것이다.

흡사 사악한 흡정대법에 걸린 듯한 느낌이었다. 그러나 그것과 다른 점은 시전자의 의지를 거스르지 않는다는 것이다.

'흐으읍—'

영진자는 길고 낮게 호흡을 이끌었다.

아무리 무영의 몸이 원하는 기운이지만 이렇게 급격하게 흐른다면 득보다는 실이 많은 법이다.

영진자는 최대한 조심스럽게 현천심공의 기운을 무영의

명문혈을 통해 불어넣었다.

현천진기는 모래 바닥에 물이 스며들 듯 스며들었다.

우우웅—

잠시 후 무영의 단전에서 세찬 진동이 일어났다.

그 진동은 혈맥 구석구석에 숨어 있는 무언가를 떨쳐 내듯 전신 혈맥으로 빠르게 번져 나갔다.

'대체 이것은 또 무슨 조홧속인가?'

무영의 혈맥에서 일어나는 진동을 장심을 통해 고스란히 느낀 영진자는 놀라는 심정이 되었다.

자신 역시 오랜 시간 현천심공을 수련했지만 자신의 혈맥 속에서 단 한 번도 이런 진동을 일으킨 적이 없었다.

현천심공은 무당의 어떤 심공보다 수련하기 어려웠고, 진기의 흐름마저 느리고 무거웠다.

다른 심공이 개울에 물을 흘리는 것에 비유한다면 현천심공은 개울에 진흙 반죽을 흘리는 것처럼 힘들었다.

그런 때문에 무당의 대제자가 되면 의무적으로 익혀야 하는 현천심공을 수련하기 싫어 대제자의 자리마저 팽개쳐 버릴까 하는 생각까지 들게 했다.

그만큼 현천심공은 무당의 심공과는 이질적이었다.

장문인이 되어서야 비로소 현천심공의 정체와 함께 송문현검에 실린 오랜 유지를 전대 장문인으로부터 이어받고 현천심공이 왜 그렇게 이질적이었는지 깨닫게 되었다.

현천심공의 원류는 무당이 아니라 상문이었다.

상문의 심법이 오랜 세월 무당의 진기와 섞이며 오늘에 이른 것이다. 그리고 지금 그 원류와 합류를 시도하고 있었다.

우우웅—

무영의 단전에서 더 강한 진동이 일어났다.

영진자는 더욱 심혈을 기울이며 현천심공의 기운을 이끌었다.

무영의 단전에서 진동이 더욱 강하게 일었다. 그런데 이상하게도 그 진동이 강할수록 혈맥을 질주하는 진기는 반대로 느려졌다.

영진자는 거의 본능적으로 현천심공의 기운을 무영의 명문혈을 통해 점점 강하게 흘려 넣었다.

처음에는 쇳조각이 자석에 이끌리듯 끌려드는 느낌이었지만 이제는 오히려 척력(斥力)이 작용할 때처럼 밀어내고 있었다.

우우웅—

더욱 강한 진동이 무영의 단전에서 일어났다. 그와 함께 혈맥을 질주하던 기운은 더 느려졌다.

'으음!'

영진자는 다시 한 번 경호성을 삼켰다.

처음의 경호성이 너무나 급격히 빨려 들어가려는 현천진기 때문이라면 지금은 강하게 밀어내며 영진자의 손을 튕겨

낼 듯한 강력한 척력 때문이었다.

이대로 현천진기가 역류한다면 급격히 균형이 무너지며 서서히 진정되려던 진기가 다시 폭주하게 될 것이다.

그렇게 되면 무영뿐만 아니라 영진자 자신마저도 위험에 처하게 될 것이 자명했다.

영진자는 더욱 강하게 내력을 끌어올리며 무영의 명문혈에 현천진기를 불어넣었다.

뚝!

영진자의 이마에서 굵은 땀방울 하나가 떨어졌다.

주변을 둘러싸며 호법을 서고 있던 청현자와 청우자, 추풍신개 등의 눈이 크게 뜨여졌다.

무당 장문인 영진자라면 현 무림에 있어 내공으로는 세 손가락 안에 들 것이다.

그보다 내공이 깊은 사람이라면 소림 방장 무오성승(無吾聖僧)과 천산에 있는 검화림(劍花林)의 림주 용신행(鏞神幸) 정도일 것이다.

그런 내가의 절정고수가 진기를 주입하며 땀을 흘리고 있었다.

그건 무영의 단전에 축척되어 있는 내력이 영진자의 내력에 버금간다는 반증이었다.

'제발!'

정화영과 소혜진은 자신도 모르게 손끝을 깨물며 속으로

애를 태웠다.

무영의 내력이 영진자에 버금간다는 사실은 믿을 수 없을 정도로 놀라운 일이지만 지금 이 순간에는 그것이 오히려 독이 될 수도 있었다.

만약 영진자가 무영의 내력을 압도하지 못해 진기가 역류한다면?

그것은 겨우 막아놓았던 제방이 일시에 무너지는 것과 같은 결과를 초래할 수 있었다.

아마도 문파의 조사이신 신검 백진한은 그렇게 희생되었을 것이다.

두 여인의 우려가 현실로 나타났다.

영진자의 얼굴에서 땀이 비 오듯 흘렀다.

영진자의 내력이 무영의 내력을 압도하지 못한 현상이었다.

화산 조사 신검 백진한이 처했던 위험이 영진자에게도 닥쳤다. 그러나 신검 백진한과는 달리 이곳에는 다른 고수가 세 명이나 더 있었다.

[좀 도와주시오.]

청현자의 귀에 영진자의 전음이 들려왔다.

청현자는 깜짝 놀라 영진자를 쳐다보았다.

저렇게 다른 사람에게 진기를 주입하면서 전음을 펼칠 수 있는 영진자의 능력에 우선 놀랐고, 영진자의 내력으로도 감당이 불가능한 무영의 내력에 더 크게 놀랐다.

청현자는 얼른 영진자의 등 뒤로 돌아가 명문혈에 손바닥을 갖다 대고는 진기를 주입했다.

우우웅―

무영의 단전이 더 크게 진동을 일으켰다. 그리고 그 진동은 온몸으로 퍼져 나갔다.

처음에는 명문혈에 손을 댄 영진자만이 느꼈는데 지금은 쳐다보는 사람 모두가 느낄 수 있을 정도였다.

콰앙!

진동이 최고조에 이른다 싶은 순간, 무영의 단전이 폭발하는 듯한 느낌과 함께 온 혈맥을 거칠게 뛰놀던 진기들이 급격히 단전으로 모여들었다. 그와 동시에 영진자의 장심에서 강하게 느껴지던 척력이 사라지고 아무런 막힘 없이 진기가 흘러들었다.

이젠 흡정대법처럼 강한 인력이나 반탄강기 같은 척력은 조금도 느껴지지 않았다.

영진자의 장심을 통해 무영의 명문혈로 흘러드는 현천진기는 소나무 가지 사이로 스며드는 솔바람처럼 부드럽고 시원하게 드나들었다.

영진자는 자신도 모르게 몰아에 빠져들었다.

자신이 무영인지 무영이 자신인지 모를 정도로 혼연일체가 되어갔다.

주변의 모든 사람도 그것을 느끼고 숨을 죽이며 두 사람을 쳐다보았다.

영진자의 얼굴에 비 오듯 흐르던 땀은 어느새 말라 버리고 한줄기 서기가 흘렀다.

어쩌면 이번 경험으로 영진자의 내력도 한 단계 높은 성취를 이룰지도 몰랐다.

이제까지 한 번도 느껴보지 못한 물 흐르듯 흐르는 현천진기!

무영의 단전을 통해서 현천진기는 비로소 제대로의 흐름을 찾은 것이다.

몰아의 순간이 반 시진도 더 이어진 어느 순간 영진자의 두 눈썹이 미미하게 꿈틀거렸다.

잠시 후 긴 한숨과 함께 영진자는 무영의 명문혈에서 손을 떼었다.

그의 입가에 감출 수 없는 미소 한 가닥이 배어 있었다.

현천심공의 진정한 성취!

무영의 내력을 다스리며 영진자는 그것을 이룬 것이다.

그로 인해 앞으로 어떤 이득을 볼 것인지는 시간이 말해줄 것이다.

영진자는 입가에 피어오른 미소를 지우고 무영을 쳐다보았다.

혼수상태에 빠진 채 억지로 앉혀진 무영은 겉모습만 보아서는 여전히 그 상태에서 헤어나지 못한 것 같았지만 실상은 전혀 달랐다.

처음과는 달리 금방이라도 쓰러질 듯 흐느적거리던 상체는 점차 꼿꼿하게 세워졌고 호흡도 깊고 낮게 이루어지고 있었다.

영진자의 장심에서 쏟아져 들어간 현천진기가 폭주하던 진기를 모두 다스리자 무영은 지금 자연스럽게 삼매에 빠져든 것이다.

"이젠 됐소!"

영진자가 이마에 흐른 땀을 닦으며 안도의 한숨을 내쉬었다.

"정말인지요, 장문인? 정말 이 청년은 별일없는 것인지요?"

청현자가 타는 듯한 눈으로 질문했다.

"그렇소. 내상을 입긴 했지만 그것은 시간이 지나면 치유될 수 있는 수준이고… 무엇보다 중요한 것은 심맥을 다치지 않은 것이오. 또 선천지기 역시 손상을 당하지 않았으니 운기가 끝나면 깨어날 것이오."

영진자는 고개를 끄덕이며 답했다.

영진자의 설명을 들은 청현자와 청우자 등은 죽었다 살아난 듯한 표정을 지었다.

혹시라도 심맥을 다쳐 부분적이라도 기억의 손상을 입게

된다면 신검의 구절 또한 손상될 가능성이 컸다.

천만다행으로 그 모든 것이 멀쩡하다니 함성이라도 지르고 싶은 심정이었다.

"정말 다행이에요, 정말!"

정화영과 조운기 등도 목소리를 높이며 안도의 한숨을 길게 내쉬었다.

"문제는 선천지기를 거의 소진한 저 친구인데……."

영진자는 여전히 바닥에 쓰러져 있는 허복양을 쳐다보며 혀를 찼다.

자신들이 이곳에 도착했을 때 무영보다 오히려 더 위험해 보였던 허복양이다. 그래서 급히 진기를 주입하여 최소한의 조치를 취해놓았지만 더 이상 다른 방법을 찾을 수 없었다.

무영은 폭주하는 진기를 다스려 주면 되는 일이었지만 허복양은 선천지기 자체를 거의 다 소진해 버렸다.

부모님으로부터 생명을 얻음과 동시에 생기는 선천지기!

그것은 그야말로 생명 그 자체라 할 수 있었다.

내공의 손실은 단전이 파괴되지 않는 한 다시 축적하면 되지만 선천지기의 손실은 생명 자체의 손실로, 내공의 손실보다 훨씬 더 위험하고 다시 되돌리는 것도 요원하다.

그것은 마치 전혀 무공을 익히지 않고 살던 팔십 먹은 노인이 아무리 운기를 하고 축기를 하더라도 젊은 사람이 되지 못하는 것과 비슷한 경우였다.

허복양은 지금 보이는 그대로 육십대 노인의 몸이 되어버린 것이다.

"상문의 힘이라면 그것을 극복할 수 있지 않을까요?"

청우자가 안타까운 눈빛과 함께 말했다.

영진자나 사형 청현자와 달리 저렇게 변하기 전의 허복양을 알고 있는 그였기에 안타까운 마음이 더욱 컸다.

"글쎄… 그건 모르겠지만 더 큰 파국으로 치닫기 전에 도착할 수 있게 되어 다행이오. 그것만으로도 위안으로 삼아야겠지요."

영진자가 탄신처럼 말했다.

청우자도 묵묵히 고개를 끄덕였다.

지금으로서는 더 이상 아무것도 할 수 없었고 앞으로 어떻게 될지는 천지신명만이 알 것이다.

청우자는 긴 한숨과 함께 무영에게로 시선을 돌렸다.

"어엇!"

청우자가 갑자기 경호성을 토했다.

"왜 그러는가, 사제?"

청현자가 긴장된 눈으로 청우자를 쳐다보다가 청우자의 시선을 따라 눈길을 돌렸다.

청우자의 시선은 목상처럼 앉아 있는 무영에게 고정되어 있었다.

영진자도 신형을 굳히며 무영에게 시선을 고정시켰다.

우우웅—

무거운 진동음이 일며 무영의 정수리에서 푸르스름한 기운 한 줄기가 솟아오르고 있었다.

새벽안개 같기도 하고, 미명이 비치는 시간에 피어오르는 굴뚝 연기 같기도 한 기운이었다.

그 기운은 차츰 암홍색으로 변해 무영의 정수리에서 일 장 정도의 높이까지 피어올랐다.

뭉클!

암홍색 독연 같은 기운은 무영의 정수리 일 장 정도의 높이에서 더 이상 위로 치솟지 않고 뭉클거리며 어지럽게 맴돌기 시작했다.

"큭!"

무영과 가까이 둘러선 사람들 중 가장 공력이 낮은 소혜진이 목을 부여잡고 비명을 토했다.

한 가닥 꼬리는 무영의 정수리에 매달아놓고 어지럽게 뭉클거리는 암홍색의 기운!

그 기운을 쳐다본 소혜진이 숨을 제대로 쉬지 못하고 사색이 되어가고 있었다.

"컥!"

이윽고 조운기도 숨을 몰아쉬며 기침을 토했다.

쳐다보는 것만으로도 숨통이 막힐 만큼 가공할 기운이었다.

세상 모든 것을 집어삼켜 파괴시켜 버릴 것 같은 공포스런 느낌을 주는 기운!

어쩌면 그 기운은 무영이 지닌 무공의 실체 같았다.

"크으으!"

"크으!"

그 기운에 감응된 소혜진과 조운기의 눈에 지독한 공포심이 번져 나갔다.

저대로 가만 놓아둔다면 육체적 타격은 전혀 입지 않았지만 심적인 공포만으로도 혈맥이 파열되어 쓰러질 것 같았다.

"큭!"

뒤이어 정화영도 숨을 쉬지 못하고 목을 부여잡았다.

"모두 물러서라!"

잠시 넋이 빠져 있던 청현자가 고함을 지르며 세 사질의 등을 세차게 두드렸다.

"컥!"

"큭!"

"크윽!"

소혜진과 조운기, 정화영이 각각 탁한 기침을 토하며 막혔던 숨을 토해냈다.

"대체 저건……?"

무영을 쳐다보는 모든 사람의 표정에 경악의 빛이 번져 나갔다.

쳐다보는 것만으로 심맥을 파열시키고 사람을 폐인으로 만들 것 같은 가공할 기운!

정수리로부터 피어오른 상태만으로도 저러할진대 완벽하게 통제되어 터져 나온다면 얼마나 가공할지 짐작이 가지 않았다.

'으음!'

영진자는 속으로 신음을 삼켰다.

마(魔)의 기운인지 사(邪)의 기운인지 정체를 짐작하기 힘든 가공할 기운!

그것이 대성을 이루게 되면 온 강호에 피바람을 몰고 오지나 않을까 하는 근원적인 두려움이 영진자의 가슴 밑바닥에서 일어났다.

저 정체 모를 기운이 사마의 길로 흘러든다면?

강호는 일찍이 볼 수 없었던 피바람에 휩싸이게 될 것이다.

그렇다면 차라리 지금 이 자리에서 삭초제근하는 것이 옳은 일이었다.

우웅!

자신도 모르는 사이 영진자의 손에 진기가 뭉쳐졌다.

그것을 뻗어내기만 한다면 무영은 즉사를 면치 못할 것이다.

"장문인!"

청현자가 놀란 눈으로 영진자를 쳐다보며 고함을 질렀다.

영진자는 퍼뜩 정신을 차리며 자신의 손을 내려다보고는 급히 공력을 회수했다.

"이런!"

영진자는 신음을 토했다.

무영의 백회혈에서 피어오른 가공할 기운에 불식간에 자신마저 두려움을 느낀 것이다. 그래서 상문과의 오랜 인연도 잊은 채 공력을 끌어올리기까지 했다.

손에 어린 공력을 회수한 영진자는 어깨를 늘어뜨렸다.

'하늘에 맡길 수밖에…….'

차후 저 청년이 대악인이 될지 대협객이 될지는 하늘만이 알 것이다.

영진자는 긴 한숨을 토하며 무영에게 온 시선을 집중했다.

무영의 머리 위에서 뭉클거리던 암홍색의 기운은 점차 하나의 형상을 이루어가더니 어느 순간 거대한 아가리를 벌리며 무영을 집어삼킬 듯 덮쳐 갔다.

"아악!"

겨우 숨을 토한 소혜진이 다시 비명을 터뜨렸다.

저 암홍색의 기운이 누군가를 덮치면 어떤 고수라도 목숨을 부지할 수 없을 것 같았다.

그만큼 암홍색 기운은 공포스럽게 보였다.

휘이잉—

암홍색 기운이 무영의 전신을 집어삼키려는 순간, 정화영이 입고 있는 청의보다 더 선명한 청색 기운 한 가닥이 무영의 정수리에서 다시 피어올랐다.

암홍색 기운보다 더 빠르게 허공으로 솟아오른 청색의 기운은 커다란 원구 모양으로 둥글게 뭉치더니 무영의 전신을 뒤덮으려는 암홍색 기운에 대항해 갔다.

"현천진기?"

영진자는 불식간에 중얼거렸다.

지금 청색 원구 모양으로 둥글게 뭉쳐 천천히 솟아오르는 기운은 무영의 명문혈을 통해 자신이 불어넣어 준 현천진기가 분명했다.

깊은 호흡과 함께 현천심공을 수련할 때 혈맥 속을 천천히 윤전(輪轉)하던 기운!

비록 눈을 감고 있었지만 뇌리 속으로 선명하게 느껴지던 청색의 색감이 지금 무영의 정수리에서 피어올라 무겁게 회전하고 있었다.

우우웅—

무겁게 회전하는 현천진기가 무영의 전신을 집어삼키려는 암홍색 기운을 가로막자, 암홍색 기운은 더욱 기승을 부리며 뭉클거리기 시작했다.

한 사람의 몸에서 저런 가공하고 이질적인 기운이 솟아오르고, 또 서로 대항하는 기사(奇事)에 모든 사람들은 숨을 죽이고 지켜보고만 있었다.

스스스—

아무리 기승을 부려도 아래에서 우산처럼 떠받치는 청색 기운을 누를 수 없음을 인식했는지 암홍색 기운은 한 바퀴 허공을 휘돌더니 순식간에 무영의 정수리 속으로 빨려들었다. 그러자 둥글게 뭉쳐서 바위처럼 굳건히 버티던 청색의 기운도 암홍색 기운을 쫓아가듯 무영의 정수리 속으로 빨려 들어갔다.

근심 가득하던 영진자의 얼굴에 한줄기 안도감이 번져 갔다.

걷잡을 수 없을 것 같던 공포스런 파괴의 기운!

그 기운이 자신이 불어넣어 준 현천진기를 억누르지 못하고 가라앉았다.

저 청년이 본 파에 있는 현천심공을 정식으로 익히고 소림의 반선심공까지 익힌다면…….

그렇게 되면 그 가공스러운 기운은 완전히 통제될 수 있을지도 몰랐다.

그 이후 그 기운이 어떻게 뿜어질지는 저 청년의 성정(性情)에 달린 일이다.

화씨세가에서 저 청년을 처음 만난 순간부터 본능적인 호감과 함께 정심박대함을 느끼지 않았던가?

그 느낌대로 청년이 강호를 활보한다면 대협객의 소리를 듣게 될 것이다.

'그것 역시 하늘에 맡길 수밖에.'

영진자는 마음속의 갈등을 떨치며 한숨을 내쉬었다.

그 순간 무영이 운기를 마치며 천천히 눈을 떴다.

번쩍!

무영의 눈에서 번개가 치는 듯한 안광이 뻗어 나왔다.

"고, 공자님!"

정화영과 소혜진이 소리를 지르며 다가갔다.

"사형……."

반갑게 달려오는 두 사람의 존재는 전혀 의식하지 못한 듯 무영은 솟아오르듯 일어서며 반듯하게 눕혀져 있는 허복양에게로 다가갔다.

머리카락이 온통 하얗게 탈색되고 피부도 쭈글쭈글 노인처럼 변해 버린 허복양!

무영은 아무 말도 않고 사형 허복양을 망연히 내려다보기만 했다.

석상처럼 우두커니 선 채 사형을 내려다보는 무영의 모습! 무영에게 다가가려던 정화영과 소혜진은 자신도 모르게 흠칫 걸음을 멈추었다.

무영의 몸에서 정체를 알 수 없는 자욱한 기운이 번져 나왔다.

주체할 수 없는 슬픔 같기도 하고, 사방을 모조리 휩쓸 것 같은 살기 같기도 했다.

이미 무영의 정수리에서 피어오른 기운에 혼쭐이 났던 두 여인은 주춤거리며 뒤로 물러났다. 다른 사람들도 숨소리조차 죽이며 무영을 쳐다보았다.

"사형……!"

무영의 입에서 통곡보다 더 처절한 음성이 다시 흘러나왔다.

무의식중에서도 사형이 자신에게 모든 진기를 쏟아붓지 못하도록 몸부림쳤던 무영이었기에 사형 허복양이 왜 이렇게 되었는지, 누구 때문에 이렇게 되었는지 너무나 잘 알았다.

한참을 더 말없이 허복양을 쳐다보던 무영은 천천히 허리를 굽혀 허복양을 안아 들었다.

허복양의 몸은 무영의 품에서 헝겊 인형처럼 축 늘어졌다.

무영은 아무 말도 하지 않은 채 천천히 걸음을 옮겼다.

"사부!"

"공자님!"

마소창과 염예령, 강운설이 온통 땀범벅이 된 채 달려 내려오다 무영을 발견하고는 고함을 질렀다.

그들은 무영이 살아났다는 한 가지 생각에 모든 것을 망각하고 무영에게로 달려들다 급히 걸음을 멈추었다.

'공자님!'

염예령이 터져 나오려는 목소리를 자신의 손으로 입을 가려 억지로 틀어막았다.

눈물!

무영의 얼굴에 두 줄기 눈물이 피처럼 흘러내리고 있었다.

강호 무림의 모든 무인이 칼바람에 휩쓸려 쓰러진다 할지라도 차가운 조소만 흘릴 것 같던 무영이다.

그런 무영이 지금 눈물을 흘리고 있었다.

'저 인간… 눈물샘도 있었던가?'

염예령과 함께 신형을 멈추었던 강운설도 멍하니 무영을 지켜보기만 했다.

저벅!

저벅!

굳은 표정으로 자신을 지켜보는 모든 시선을 뒤로한 채 무영은 석상처럼 걸음을 옮겼다.

第七十章

가을바람

본격적인 여름이 시작되는가 싶더니 장대비가 쏟아져 내리며 장마가 시작되었다.

근 보름 동안의 물난리로 많은 인명을 앗아간 장마가 끝나자 찌는 듯한 무더위가 장마에 흠뻑 젖은 대지 위를 점령했다.

절대로 물러나지 않을 것처럼 기승을 부리던 무더위도 한 달이 지나자 어느덧 불어오는 신선한 바람에 밀려 소리없이 사라지고 이제는 제법 쌀쌀한 찬바람이 불기 시작했다.

찬바람이 불기 시작하면서 강호에는 그 찬바람보다 더 스산한 한 가지 소문이 퍼져 나가고 있었다.

녹림십팔채와 장강수로타의 주인이 동시에 바뀌었다는 것이 소문의 내용이었다.

녹림십팔채!

산적들의 무리이다.

마찬가지로 장강수로타는 수적들의 무리이다.

말보다는 주먹이 앞서고, 주먹 뒤에는 대부분 무기를 꺼내어 싸우는 그들은 그 어느 집단보다 힘의 논리가 강하게 지배한다.

그러기에 더 힘센 자가 나타나면 그 우두머리는 순식간에 바뀌어 버리고, 그것은 그렇게 이상한 일도 아니다.

그런데 그 소문이 평소와 다르게 스산하게 들리는 것은 녹림십팔채와 장강수로타 두 조직이 약속이나 한 듯이 거의 동시에 그렇게 됐다는 데 있었다.

현 녹림십팔채의 채주, 아니, 소문이 맞는다면 바뀌기 전 녹림십팔채의 채주는 풍우쌍검(風雨雙劍) 방이생(方二生)이었다.

풍사검(風師劍)과 우룡검(雨龍劍)이라는 두 자루 기형검을 귀신처럼 쓴다는 그는 나이 마흔둘에 녹림십팔채의 총채주가 되어 십 년이 넘는 지금까지 그 자리를 보전하고 있었다.

그전까지 총채주의 자리 보존 기간이 평균 칠 년 정도인 것에 비하면 그는 배 가까이 긴 기간 동안 총채주 자리를 차지하고 있었다는 말이다.

그것은 그만큼 능력이 있다는 반증이기도 했다.

방이생은 무공은 물론 통솔력과 심계가 모두 뛰어난 인물이었다.

그런 그가 하루아침에 자리에서 쫓겨나고 다른 사람이 총채주가 된 것이다.

그런데 새로이 총채주가 된 자에 대해서는 알려진 것이 거의 없었다.

소문은 무성했지만 그 소문이 제각각 다른 내용들이었고, 어느 것 하나 신빙성이 느껴지지 않았다. 그래서 더 스산하게 느껴지는지도 몰랐다.

장강수로타 역시 마찬가지였다.

전 총타주는 독안교룡(獨眼蛟龍) 조석청(趙析淸)이었는데 별호에서 알 수 있듯이 그는 눈 하나가 없는 외눈박이였다.

그가 한쪽 눈을 잃을 때 나이가 겨우 스물이었다.

그때 조석청은 장강수로타의 영봉채(零封寨)에서 일개 조의 조장을 맡고 있었다.

눈발이 나부끼던 어느 날 그는 수로를 통해 표물을 운송하던 호남에 기반을 둔 청남표국(淸南鏢局)의 표물을 노리고 싸움을 벌이다 그곳 표사 한 명의 검에 눈을 꿰뚫렸다.

보통의 사람이라면, 아니, 웬만큼 독종이라도 그 정도면 지독한 고통에 정신을 잃든지, 그러지 않더라도 처절한 비명과 함께 뱃전을 뒹굴 것이다.

그러나 그는 그 두 가지 행동 중 어느 한 가지도 하지 않고 표사의 검첨에 뽑혀 나온 자신의 눈알을 빼앗아 씹어 삼키고는 자신의 눈을 찌른 표사를 향해 악귀처럼 달려들었다.

한쪽 눈이 뽑혔음에도 불구하고 그 뽑힌 눈으로 피를 줄줄 흘리며 달려드는 인간!

표사는 상대의 한쪽 눈을 뽑은 유리한 상황임에도, 또 무공이 월등함에도 불구하고 조석청의 독기에 완전히 압도당해 제대로 대처하지 못하고 뒤로 밀리기 시작했다.

정신력의 차이였고, 독심의 차이였다.

그 차이가 무공의 불리를 극복하고 결국 조석청은 자신의 한쪽 눈을 내주는 대신 표사의 두 눈을 뽑아 수장시킴으로써 그 싸움을 승리로 이끌었다.

그 소문은 당시 총타주의 귀에까지 들어갔고, 그것이 후일 그가 장강수로타 총타주가 되는 발판이 되었다.

그런 독심이 그의 외눈을 통해 평소에도 고스란히 뿜어져 나와 그의 별호에 있는 독안(獨眼)은 독안(毒眼)으로 더 많이 불리게 되었다.

현재 그는 녹림십팔채 채주보다 젊은 사십의 나이였기에 아직 십 년은 더 타주 자리를 유지할 줄 알았는데 갑자기 축출당해 버린 것이다.

그리고 새로운 타주에 관해서는 녹림십팔채와 마찬가지로 제대로 알려진 것이 없었다.

갑작스런 총채주와 총타주의 교체!

새로운 채주와 타주에 대한 정보 부족!

그 두 가지 공통점이 예사롭지 않았기에 강호는 불안한 심정과 함께 신경을 곤두세우고 있었다.

*　　*　　*

지난봄, 무황성의 흉계에 의해 하마터면 공중분해될 뻔한 호북성의 조양방에서도 시원한 가을바람이 방 내를 감돌고 있었다.

수석 장로 공야흠과 바둑을 두던 조양방의 태상방주 염천기는 방주전의 한 실내에서 큰아들 염지상과 마주 앉아 편안한 눈길을 주고 있었다. 한시적이긴 했지만 무영이 현재의 조양방의 방주였기에 그는 태상방주로 불리고 있었다.

중독되었다 무영에 의해 되살아난 그는 예전의 건강을 되찾았지만 자신이 하던 일은 거의 큰아들 염지상에게 넘겨주고 뒤로 물러나 생애에서 가장 편한 시간을 보내고 있었다.

그런 심정이 지금 큰아들을 쳐다보는 눈빛에 고스란히 투영되고 있었다.

"그래, 어쩐 일이신가?"

염천기는 염지상에게 찾아온 용건을 물었다.

"몇 가지 의논드리고 싶은 것이 있어 쉬시는 데도 불구하고 이렇게 찾아왔습니다."

염지상은 무척 송구스럽다는 표정과 함께 답하고는 생각을 정리하려는 듯 잠시 말을 멈추었다.

실질적으로는 그가 조양방주 직을 수행해 나가고 있었지만 백전노장이나 마찬가지인 두 사람에 비하면 아직 한참 모자랐다. 그래서 풀리지 않는 문제가 생기면 만사 제쳐 놓고 두 사람을 찾는 것이다.

"무료하던 참인데 어디 한번 들어나 봄세. 허허!"

수석 장로 공야흠이 너털웃음과 함께 나섰다.

염천기가 뒤로 물러나자 자연 같이 물러나게 된 그는 최근 적잖이 무료함을 느끼는 중이었다.

"호북성 흑도의 움직임이 심상치 않습니다."

염지상은 굳은 표정으로 운을 떼었다.

"호북성 흑도라면 우리 조양방이 대표적이지 않은가?"

공야흠은 염지상의 말이 무척 의외라는 듯한 표정으로 대꾸했다.

무황성 셋째 제자의 계략에 의해 크게 한번 휘청거렸지만, 그래서 힘이 조금 소진되긴 했지만 아직은 조양방이 호북성 제일의 흑도 방파였다.

"그건 변함없는 사실입니다. 문제는 그렇게 생각하지 않는 자들이 점점 많아지고 있다는 것입니다."

염지상의 음성에 약간의 분기가 어렸다.

"계속해 보게."

염천기가 여전히 담담한 표정과 함께 말을 받았다.

"최근 금오방(金烏幇)과 태화파(太和波), 초영보(礎嶺堡), 삼도회(三度會)가 서로 동맹을 맺었다는 소문이 돌고 있었습니다."

"동맹?"

염천기의 눈 사이가 처음으로 좁혀졌다.

자고로 흑도 방파가 서로 연합을 한다든지 연맹을 맺는다든지 하는 행동은 어울리지 않는 일이었다.

꼭 그렇게 합치고 싶을 때는 크게 한번 위협을 하고, 듣지 않으면 무력으로 쳐들어가서 복속시키면 되는 것이다.

조양방 역시 그렇게 하면서 지금까지 성장했고 다른 방파들도 대부분 그랬다.

그런 식이면 밤낮 싸움이 가실 날이 없지 않을까 생각하겠지만 흑도를 이끄는 사람들이 모두 돌머리들만 있는 것이 아니다.

싸워서 이기기는 하겠지만 실리가 거의 없는 상황에서는 서로 견제만 하며 지내다가 이해관계의 충돌이 극에 달하면 사생결단의 승부를 벌이는 것이다.

대부분 그런 식이었고, 그럼에도 불구하고 굳이 흑도 방파끼리 연합이니 동맹을 맺는 경우라면 크게 두 가지 정도가 있었다.

첫 번째로는 갑작스레 어떤 세력이 나타나 인근 조직을 무너뜨리며 급격히 세력을 불려 나갈 때 그들에 대응하기 위해서 일시적으로 맺는 경우였다.

그다음으로는 큰 이권이 걸린 일이 생겼는데 탐은 나지만 세력이 약하여 덤벼들 엄두가 나지 않을 경우 일시 연합하여 이익을 챙기고 처음의 합의대로 이익을 분배한 후 원래로 돌아가는 정도였다.

그런데 최근 호북성에서는 갑자기 나타나서 급격히 세를 불려가는 신흥 조직도 없었고 큰 이권이 걸린 일도 나타나지 않았다.

그것이 염천기의 눈살을 모으게 한 이유였다.

또한 그것은 염지상의 도저히 풀리지 않는 의문이기도 했다.

"무언가 숨은 세력이 있다는 말이군."

공야흠이 간단하게 결론을 내렸다.

뚜렷하게 그럴 이유가 없는데도 그들 네 세력이 연맹을 맺었다면 무언가 압도적인 힘이 작용해 그렇게 되었다는 것이다. 그리고 그것은 숨은 세력이라 볼 수 있었다.

"그것에 대해서는 알아보았는가?"

염천기가 염지상을 향해 물었다.

"그것은… 아직……."

염지상이 떠듬거리며 답했다.

아직 그런 쪽으로 생각해 보지 않았고, 또 그럴 만한 시간도 없었다.

"그쪽일 가능성이 십중팔구일 걸세. 그러니 가주는 그쪽으로 집중해서 조사를 해보시게."

염천기는 염지상을 가주로 칭했다.

정상적이라면 신임 방주라 칭해야 할 것이지만 방주패는 무영에게 있으니 가주로 칭하며 조양방에서의 그의 권위를 인정하는 것이다.

"잘 알겠습니다!"

염지상은 깊이 고개를 숙이며 등을 돌렸다.

그때 밖에서 급한 발걸음 소리가 들려왔다.

"태상방주님!"

염천기를 부르는 시비의 급한 목소리가 들렸다.

"무슨 일이냐?"

염천기가 약간은 긴장한 음성으로 대꾸했다.

예상치 못한 세력들의 연합이 있다는 보고를 받은 터인지라 그들이 무슨 일을 벌였다는 소식이라도 들어왔는가 하는 생각이 든 것이다.

그러나 시비가 가지고 온 소식은 전혀 뜻밖의 것이었다.

"예령 아가씨의 전서가 도착했습니다."

시비의 목소리가 가쁘게 들려왔다.

그녀도 염예령의 소식에 흥분된 마음을 감출 수 없는 모양이었다.

"뭣이!"

염천기는 목소리를 높이며 시비를 어서 들게 했다.

염지상이 문을 열자 시비 하나가 쟁반에 서찰 한 통을 받치고 들어섰다.

숨 가쁜 목소리와 마찬가지로 그녀의 얼굴에는 홍분의 기색이 번져 있었다.

"어서 이리 가지고 오너라!"

염천기는 가로채듯 서찰을 손에 들었다.

무영 일행이 떠나고 난 후 강호행을 시켜달라고 떼를 쓰던 손녀 염예령은 그것이 좌절되자 쪽지 한 장 달랑 써놓고 사라져 버렸다.

조양방이 발칵 뒤집히며 뒤늦게 추적대를 보냈지만 아직까지 종적이 묘연했다.

손녀들 중에서 가장 애정을 쏟았던 염예령이기에 염천기의 상심은 그만큼 컸는데 이제야 소식을 전해온 것이다.

염천기는 급히 서찰을 개봉했다.

"고얀 놈!"

잠시 서찰을 읽은 염천기는 낮은 음성으로 중얼거렸다.

고얀 놈이라고 책망을 하는 듯했지만 그 음성에는 진한 안도감과 함께 그리움의 감정이 잔뜩 깃들어 있었다.

공야흠과 염지상도 고개를 내밀어 염천기의 손에 들린 서찰을 쳐다보았다.

구구절절한 사연을 예상한 염천기의 기대를 왕창 무너뜨리며 서찰에는 작은 글씨로 몇 줄 간단하게 적혀 있었다.

필체는 한눈에 보아도 염예령의 것임을 알 수 있었다. 그러나 그 내용은 너무나 부실했다.

그녀가 어떻게 이곳을 벗어났고, 또 그간 어떻게 생활했는가 하는 사정은 거두절미하고 간단한 문안 인사와 함께 자신은 현재 무당파에서 잘 지내고 있으니 아무 걱정 말라는 내용만 달랑 적혀 있었다.

그녀가 대무당파에 있다는 사실에 염천기는 안도의 한숨을 내쉬면서도 밀려오는 궁금증으로 손녀 염예령에 대해 한없이 야속한 생각이 들었다.

왜 떠났는지는 짐작이 갔지만 어떻게 무당파까지 가게 되었는지 그 이유는 궁금하기 짝이 없었다.

"대체 이놈이 무당파에는 왜 갔다는 말인가?"

이제 그 근심은 사라졌지만 궁금증은 증폭되어만 갔다.

"안에 다른 서찰이 동봉되어 있는 것 같으니 마저 읽어보세. 그러면 무슨 연유인지 알 수 있지 않겠나?"

옆에서 같이 서찰을 들여다보고 있던 수석 장로 공야흠이 봉서 안을 들여다보며 말했다.

"내가 깜박했군!"

염천기는 혀를 찼다.

염예령이 보낸 봉서 안에는 또 다른 봉서가 들어 있었으나 먼저 잡히는 서찰을 펼치자마자 눈에 들어오는 손녀딸의 필체에 그것을 망각한 것이다.

또 하나의 봉서를 꺼내 든 염천기의 눈에 의구심이 어렸다.

먼저 집어 든 서찰에 부족하나마 자신의 근황이 적혀 있었고, 더 추가할 말이 있으면 그곳에 쓰면 될 터인데 그곳에는 지극히 간단하게 적어놓고 굳이 봉서 하나를 더 동봉한 것은 이해가 되지 않는 것이다.

봉서 겉면에는 아무런 글자도 적혀 있지 않았다. 그러면서도 아주 단단하게 봉해져 있는 것이 더욱 의구심을 자아내게 했다.

염천기는 조심스럽게 또 한 통의 봉서를 개봉했다.

"엇!"

"아니?"

염천기와 공야흠이 동시에 경호성을 토했다.

서찰의 내용을 읽기도 전에 서찰 끝에 찍힌 붉은색 문양이 먼저 눈에 들어왔기 때문이다.

조양패!

서찰 끝부분에는 올 초까지 염천기의 품에서 한시도 벗어난 적이 없었던 방주패인 조양패의 문양이 선명하게 찍혀 있었다.

"대체 이게?"

공야흠이 놀란 표정과 함께 염천기를 쳐다보았다.
염천기 역시 비슷한 표정으로 공야흠을 마주 보았다.
손녀 염예령이 안부를 전하는 봉서에 방주패가 찍힌 서찰이 들어 있다니?
이 서찰은 무영이 보낸 것임이 틀림없다.
그렇다면 지금 손녀 염예령은 무영과 같이 있다는 말이 아닌가?
더 큰 안도감이 밀려왔다. 그리고 뒤를 이어 무거운 긴장감도 같이 밀려왔다.
그것은 선명하게 찍힌 조양패가 주는 긴장감이었다.
두 사람의 목소리를 듣고 은신을 풀며 급히 다가온 진설과 가원도 조양패 문양을 보고는 흠칫 신형을 굳혔다.
진설, 아니, 이제 자신의 이름을 되찾은 염지란의 표정에는 감출 수 없는 감정 변화가 일고 있었다.
때로는 마귀 같고 때로는 신룡 같았던 사내!
왕창 무너질 뻔한 조양방을 구하고 지금의 자신을 있게 만들어준 무영의 소식은 아무리 얼음 꽃 같은 그녀지만 마음이 흔들리지 않을 수 없었다.
그러나 잠시 흔들렸던 그녀의 표정도 다른 사람들처럼 긴장감으로 굳어졌다.
자신이 아는 한 그 사내는 사소한 안부 서찰 같은 것을 전할 사람이 아니다. 더구나 서찰 말미에 방주패가 선명하게 찍혀 있다는 것은 그만큼 중요한 일을 지시하는 것임이 분명했다.

"신임 방주의 서찰일세. 어서 읽어보게!"

공야흠이 호흡마저 흩트리며 재촉했다.

염천기는 서찰을 마저 펼쳐 읽어 내려갔다.

건강은 어떠신지?

첫머리에는 중독되었다가 되살아난 염천기의 안부를 묻고 있었다.

강건하신 분이니 지금쯤은 예전의 모습을 되찾았으리라 생각합니다.

각설하고…….

몇 가지 부탁이 있어 염 소저가 전하는 안부 서찰에 동봉합니다.

조양방에 앞서 무너진 사천 천가보주 천약성의 막내 천종화(天宗和)가 얼마 후면 조양방을 찾아갈 것으로 예상됩니다.

"천가보!"

"천종화!"

이번에도 염천기와 공야흠이 같이 소리를 질렀다.

무영이 적은 대로 사천 천가보는 조양방에 앞서 무황성의 셋째 제자 위건화의 흉계에 의해 자식들끼리 권력 투쟁을 벌여 완전히 무너져 내렸다.

천가보주 천약성과 깊은 친분이 있었던 염천기는 천가보에서 일어난 사태에 일말의 의구심을 품고 조사를 하다가 꼬리를 밟혔는지 오히려 자신이 중독되고 조양방 전체가 무너질 지경이 되었음을 알았다.

그 과정에서 무영의 존재를 감지하게 되고 무영에 의해 조양방과 자신이 되살아나게 되었던 것이다.

그런데 지금 무영의 서찰에서 천가보와 죽은 줄 알았던 천약성의 막내 천종화의 이름이 거론되고 있었다.

"어서 읽게!"

공야흠이 아까보다 더 흐트러진 숨소리와 함께 재촉했다.

잘 아시다시피 천가보주와 그 아들들은 무두 제거되었지만 천운으로 막내 천종화만이 살아남았지요. 우연히 그는 나를 만나게 되었고, 주마룡 그 친구처럼 나와 함께하는 처지가 되었습니다. 그는 지금 사천의 하오문을 모두 규합한 상태입니다. 방주께서는 그를 전폭 지지해 주십시오. 자세한 얘기는 그 친구와 함께 하시고.

다음으로…….

"그 아이가 살아 있다니……. 더 나아가 사천의 하오문을 모두 장악했다는 말인가?"

염천기는 천약성의 아들 중 한 명이 살아 있다는 사실에 격정을 감출 수 없었는지 계속 읽어 내려가지 못하고 탄식을 터뜨렸다.

천약성의 막내 천종화라면 자신도 익히 알고 있었다.

위로 누나들이 연달아 몇 명 있고, 막내로 태어났기에 바로 위의 형과도 나이 차이가 많이 났다. 그래서 형들과는 잘 어울리지 못하고 누나들과 오히려 더 잘 어울리는 모습을 몇 번 보았다.

늦게 얻은 막내아들이어서 아들끼리의 권력 투쟁에서 한 발 비켜서 있다가 천행으로 목숨을 구한 모양이었다.

무공에 대한 자질은 아들 중에 제일 뛰어나 보였지만 심성이 유약했다.

계집애처럼 수줍음을 잘 탔고 숫기가 없었다. 그래서 저 아이는 무인보다는 문인으로 나가면 더 출세할 것 같다는 생각도 했었다.

그런 아이가 사천의 하오문을 모두 장악했단 말인가?

하오문은 개방에도 끼지 못하는, 그야말로 거지 중의 상거지들이 모인 곳이다.

하지만 그렇기에 더욱 흉폭하고 막가는 인간들이 많았다.

그들을 모두 장악하고 하나로 규합한다는 것은 어디로 튈

지 모르는 개구리 떼를 한곳에 모아놓고 지시하는 대로 움직이게 하는 것만큼 힘든 일이다.

그런데 그것을 천종화 그 아이가 해냈다는 말이다.

평소의 그 아이라면 꿈에도 생각 못할 일이었다. 보나마나 무영의 힘이 작용했음이 틀림없다.

우연히 만났다고 했지만 주마룡 부연호처럼 무영이 무황성에 대한 피 맺힌 원한을 품고 있을 그 아이를 찾아 맹호로 변모시켜 사천의 하오문을 모두 장악하게 한 것이리라.

애써 흥분을 가라앉힌 염천기는 다시 서찰을 읽었다.

다음으로는……

조양방도 중에서 운남성 출신의 사람들을 극비리에 모아 뒷장에 그려진 지도의 지점에 모이게 해주십시오. 당연히 그들의 행적은 철저히 비밀에 부쳐야 합니다. 자세한 것은 따로 적어두었으니 그대로 하시면 될 겁니다.

마지막으로 세 번째는……

호북성에 근거를 둔 몇 개의 흑도 방파가 은밀하게 동맹을 맺을 것입니다. 조양방에서는 그들의 움직임에 대해서는 신경 쓰지 않아도 좋을 것 같습니다.

그럼…….

서찰은 그것으로 끝을 맺었다.

염천기와 공야흠은 자신도 모르게 입을 벌린 채 서로를 쳐다보았다.

염지상과 염지란, 가원도 한참 동안 멀뚱거리며 서찰만 거듭해서 쳐다보았다.

"조사할 필요가 없게 됐군."

잠시 후 공야흠이 고개를 절레절레 흔들며 말했다.

조금 전 큰아들 염지상이 보고한 금오방을 비롯한 네 개 방파의 이상한 움직임의 배후는 무영이었던 것이다.

"하하! 이거야 원!"

공야흠은 마침내 어이없는 웃음을 터뜨렸다.

그의 얼굴에 어려 있던 긴장감은 깨끗이 사라지고 대신 잔뜩 기대감이 이는 표정으로 변해갔다.

"정말 도깨비 같은 친구로군."

염천기도 공야흠과 비슷한 표정으로 말했다.

"신임 방주 아니던가?"

염천기가 친구라고 칭한 것을 꼬투리 잡은 공야흠이 장난스럽게 말했다.

"없는 데서는 나라님도 욕한다지 않던가?"

염천기가 대꾸했다.

"또 무슨 일을 꾸미는 걸까요?"

염지상은 도저히 짐작이 가지 않는다는 표정으로 물었다.

"글쎄… 그걸 짐작할 정도라면 내가 무황성 놈들에게 그렇게 당하지 않았겠지. 어쨌든 신경 쓸 일이 줄어들었으니 우리는 신임 방주님께서 시키는 대로만 하면 되겠지."

염천기는 신임 방주님이란 단어에 힘을 주며 말했다.

염예령이 무사하다는 안도감과 적잖이 긴장감을 안겨주었던 네 개 방파의 연맹에 대해 걱정할 것이 없다는 생각이 마음을 가볍게 한 것 같았다.

"언제 그런 일을 벌였는지… 정말 놀랄 만하군요."

염지상이 혀를 차며 말했다.

"모르긴 해도 그곳은 이곳 조양방에서보다 먼저 일을 꾸며 놓은 듯하네. 그 결과가 지금 나타난 것이고……."

공야흠이 눈을 가늘게 뜨며 말했다.

무영이 조양방을 떠난 지는 석 달도 더 지났지만 그 후부터 지금까지 무당파에서 머무르고 있었다면 그럴 가능성이 높았다.

"혹시 녹림과 장강수로타도 공자, 아니, 신임 방주가 한 일일까요?"

염지상이 혼란스런 표정과 함께 물었다.

"그건 아닐 걸세. 그런 일은 아주 오랜 시간 공을 들여야 하는 일일세. 신임 방주가 아무리 능력이 뛰어나다지만 그럴 만한 시간적 여유는 없었을 것 같네."

공야흠이 고개를 저으며 말했다.

무영은 올 봄부터 내내 이곳 조양방에 머무르며 무황성주의 둘째 제자 위건화의 흉계를 무산시키고 그를 잡는 일에 몰두했기에 그럴 여유는 없었을 것이다.

"그렇군요. 그럼 그들은 무엇 때문에 그렇게 갑자기 우두머리가 바뀐 것일까요?"

염지상이 다시 의문을 표시했다.

"우연일 수도 있고, 아니면……."

"아니면?"

이번에는 염천기가 말을 받았다.

"아주 큰 힘이 작용했을지도……."

"아주 큰 힘이라면 혹시… 무황성을 말씀하시는……?"

염지상이 굳어진 표정으로 공야흠을 쳐다보았다.

"아직은 아무것도 확실한 것은 없네. 조금 더 지나보면 알겠지. 예상외로 신임 방주 짓일 수도 있으니."

염천기는 무거운 한숨을 내쉬었다.

"태상방주님!"

모두들 흥분된 감정을 추스르기도 전에 밖에서 또 다른 시비의 목소리가 들려왔다.

"무슨 일이냐?"

염천기는 무영의 서신을 읽고 난 후의 흥분이 다 가시지 않은 음성으로 물었다.

"천종화라는 사람이 태상방주를 뵙고자 배첩을 전해왔습니다."

시비는 배첩을 담은 쟁반을 내밀었다.

"천종화라니?"

염천기는 무언가 잘못 들은 것이 아닌가 하며 시비를 쳐다보았다.

"사천… 천가보에서 왔다고 합니다."

시비는 조심스럽게 첨언했다.

"어서, 어서 들게 해라!"

염천기는 배첩을 볼 생각도 않고 고함을 치듯 말했다.

"마치 옆에서 쳐다보며 일을 추진시키는 것 같군."

공야흠은 무영이 이곳 어디에 숨어 자신들을 주시하고 있지 않나 하는 표정으로 이리저리 두리번거렸다.

천종화가 찾아올 테니 그를 전적으로 도와주라는 서찰을 읽자마자 기다렸다는 듯이 그가 찾아온 것이다.

잠시 후, 이십대 중반 정도의 사내가 실내로 들어섰다.

천약성의 막내아들 천종화였다.

염천기는 감개가 무량한 표정으로 천종화를 쳐다보았다.

그가 십대 중반의 나이 때에 마지막으로 보았으니 근 십 년 만이다.

십 년이면 강산도 변한다는 말이 빈말이 아니었다.

자신을 향해 깊숙이 머리를 숙이는 천종화에게는 예전의 모습이 거의 남아 있지 않았다.

마지막으로 보았던 그때는 변장을 하면 소녀로도 속일 수 있을 것 같았다.

지금은 그 모습이 완전히 사라지고 얼굴 곳곳에 수염이 자리하며 강인한 인상을 풍기고 있었다.

체격은 여전히 약간 마른 편이었으나 몸 곳곳에서 강철 같은 단단함과 칼날 같은 예기가 뿜어져 나왔다.

그것은 한계를 뛰어넘은 처절한 수련의 흔적이었다. 아마도 무영의 지도를 받은 것이리라.

그리고 두 눈에서 뻗어 나오는 눈빛!

수줍음을 잘 타며 누군가와 제대로 맞추지도 못하던 그 눈은 깊게 가라앉아 서늘한 빛을 뿜어내고 있었다.

그것은 살기로 이글거리는 야수의 눈빛보다 더 가슴을 철렁하게 만들었다.

"백부님을 뵙습니다."

고개를 든 천종화가 눈빛만큼 가라앉은 음성으로 인사를 했다.

"오랜만이구나."

염천기는 탄식을 하듯 말했다.

멸문을 당하고 유일하게 살아남은 천약성의 아들!

그런 마음이 그의 음성을 통해 고스란히 느껴졌다.

"십 년도… 넘었군요. 그동안 너무 격조했습니다."

천종화는 보일 듯 말 듯 고개를 끄덕이며 화답했다.

염천기의 탄식 어린 목소리에 전혀 감응을 받지 않은, 여전히 가라앉은 목소리였다. 눈빛 또한 전혀 흔들리지 않았다.

비록 나이 차이는 열 살도 넘게 났지만 천약성은 염천기를 의형으로 부르며 살아생전 각별한 친분을 유지했다. 그 사실을 잘 아는 천종화였기에 십 년 만에 보는 의백부 염천기에게 한탄이라도 할 법했지만 천종화는 그런 감정을 조금도 드러내지 않았다.

어쩌면 천가보가 멸망하고 가족들이 모두 비명횡사할 때 모든 감정이 소모되어 버렸는지도 몰랐다.

염천기는 속으로 탄식을 삼키며 묵묵히 천종화를 응시하다가 입을 열었다.

"많이 변했구나!"

염천기도 감정을 배제하고 가라앉은 음성으로 말했다.

"그러려고 많이 노력했습니다."

천종화는 담담하게 대꾸했다.

그 말은 그가 그간 어떤 삶을 살았는지 함축적으로 나타냈다.

"이리 와서 앉거라. 그리고 지란이 너는 차를 내어오너라."

염천기는 천종화에게 자리를 건넸다.

"그래, 그동안… 아니, 무영 공자는 어떻게 만난 것이냐?"

염지란이 가져온 찻잔을 들며 염천기는 어떻게 지냈느냐는 물음 대신 무영과의 관계를 물었다.

감정마저 죽여 버린 천종화에게 가문의 잠사나 가족들의 기억을 떠올리게 하고 싶지 않은 것이다.

"폐인이 되어 죽어가는 저를 찾아왔습니다."

천종화는 간단히 답하고 입을 다물었다.

"그렇구나."

염천기는 고개를 끄덕였다.

익히 짐작하고 있던 일이다. 무영은 무황성의 마수가 드리워진 곳을 파헤치고 다니며 부연호와 천종화를 찾아낸 것이다. 그리고 조양방에는 한발 먼저 와서 기다렸다. 만약 그러지 않았더라면 조양방 역시 천가보와 같은 처지가 되고 말았을 것이다.

"사천의 하오문을 모두 규합했다고 들었네."

내내 두 사람을 지켜보기만 하던 공야흠이 처음으로 끼어들었다.

"그 일 때문에 왔습니다. 공자께서 차후 조양방의 도움을 받으라고 했습니다."

천종화는 공야흠의 질문을 간접적으로 시인하며 말했다.

"어떻게 도우면 되겠나?"

염천기가 눈을 빛내며 물었다.

무언지 몰라도 커다란 교룡이 이젠 서서히 꿈틀거리기 시작한다는 느낌이 들었다.

이제껏 수면 아래에서만 헤엄치던 교룡이 강하게 용틀임

을 하며 튀어 오르면 그 모습이 어떨 것인지 상상을 하니 호흡마저 가빠지는 기분이었다.

"규합은 하였지만 워낙 오합지졸들이라 제대로 통솔할 만한 인재가 없습니다. 그래서 조양방의 인원을 좀 차출했으면 합니다."

"얼마 정도면 되겠나?"

염천기는 수궁의 고갯짓과 함께 대꾸했다.

거지 중의 상거지 떼인 하오문도들을 규합하는 것도 힘들었겠지만 제멋대로인 그들을 제대로 통제하는 것은 더욱 힘들 것이다. 물론 그들 자체적으로도 위계질서가 존재하겠지만 그건 어디까지나 하오문 수준의 서열일 뿐이다. 단시간에 그들을 좀 더 강력한 집단으로 만들기 위해서는 강력한 통제와 통솔력이 필요할 것이다.

"조장 급 인원 오십 명과 대주 두 명이 필요합니다."

"허어!"

천종화의 말을 들은 공야흠이 고개를 절레절레 흔들었다.

"그 정도면 조양방의 간부급 인원 반을 빼가는 것일세."

옆에 있던 염지상도 멍한 표정으로 말했다.

"청산이 건재하는 한 땔감 걱정은 없다고 했습니다. 이번 기회에 평조원들이 대거 진급을 하고 나면 조양방은 훨씬 더 새로워질 겁니다. 그건 조양방에 새바람이 부는 계기가 될 수 있습니다."

천종화는 조금도 흔들리지 않고 자신의 의견을 피력했다.
염천기는 물끄러미 천종화를 쳐다보았다.
자신의 의견을 제대로 피력하지도 못하며 묻는 말에만 겨우 답하던 녀석이다.
그런 녀석이 이제는 강철 같은 눈빛으로 자신을 압박하고 있었다. 만약 거절한다면 강권을 발동해서라도 자신의 뜻을 관철시킬 것 같았다.
'정말 탈태환골을 한 것 같구나.'
염천기는 속으로 감탄사를 토하며 무영의 모습을 떠올렸다.
그와 잠시 같이 다니며 도와주었던 진설, 아니, 막내딸 지란과 가원도 그때에 비하면 두 배 이상 강해졌다. 그러니 일 년도 넘게 같이 있었다면 저런 모습도 가능할 것이다.
"그건 자네의 생각인가, 아니면 무영 공자의 생각인가?"
염천기는 입가에 보일 듯 말 듯한 미소를 머금으며 물었다.
천종화의 말투에서 문득 무영의 냄새가 느껴졌기 때문이다.
"공자님의 조언이 있었습니다."
천종화는 솔직히 시인했다. 그러나 여전히 조금도 변하지 않는 눈빛이었다.
"그렇구먼!"
염천기는 고개를 끄덕인 후 공야흠을 쳐다보았다.

공야흠은 조금 난처한 표정을 지었다.

조장 급 인원의 대거 차출은 평조원들의 진급 기회는 크게 늘겠지만 하오문으로 차출당하는 조장들에게는 날벼락이나 다름없다. 하오문에서 문도를 다스리려면 단 하루도 쉬지 않고 투쟁을 벌어야 할 것이다.

"하오문으로 차출되는 조장들의 보수는 세 배로 준다고도 했습니다."

공야흠의 의중을 짐작했는지 천종화가 덧붙였다.

공야흠은 쓰게 웃었다.

멀리 떨어져 있지만 무영은 자신들의 머리 꼭대기에 앉아 있는 것 같았기 때문이다.

"그런 정도라면 지원자가 넘쳐서 문제가 되겠군. 좋아, 돕도록 하겠네."

염천기는 마침내 고개를 끄덕였다.

공야흠은 계속해서 쓴웃음만 짓고 있었다. 빈틈없는 일 처리에 언제나 꼼짝 못하고 따라갈 수밖에 없는 사실이 입맛을 다시게 만들었다.

"그리고……."

천종화는 다시 말을 이었다. 이제까지 한 부탁이 전부가 아닌 모양이었다.

"누님의 도움도 필요합니다."

"누님?"

"누님… 이라니?"

천종화의 뜬금없는 말에 염천기와 공야흠이 이구동성으로 말하며 천종화를 쳐다보았다.

천종화의 시선이 천천히 염천기의 뒤에 시립한 지란에게로 옮겨졌다.

염지란의 두 눈이 크게 뜨여졌다.

"저… 말인… 가요?"

염지란이 설마하는 표정과 함께 떠듬거리며 말했다.

천종화는 말없이 고개를 끄덕였다.

"그게… 대체 무슨 말인가요? 당신이 날 어떻게 알고……?"

얼음장 같은 염지란이 펄쩍 뛰며 고함을 질렀다.

"가명은 진설, 본명은 염지란. 지금쯤이면 무공 수위가 큰 오라버니에 버금갈 수준에 이르렀을 것이라고 알고 있습니다."

염지란은 기막힌 상황에 얼굴만 빨갛게 물들이며 아무 말도 못하고 천종화를 쳐다보았다.

그녀의 눈에는 이젠 천종화가 무영으로 보이기 시작했다. 지금 천종화의 말은 무영의 지시를 그대로 따르고 있는 것이 분명했다.

붉으락푸르락하던 염지란의 얼굴이 다시 얼음장처럼 변해갔다.

"나는……."

"하오문에는 여자들도 제법 있습니다. 그들을 제대로 통제할 수 있는 여자 고수가 꼭 필요합니다. 누님이 적격입니다. 도와주십시오, 누님!"

염지란의 말을 끊은 천종화가 누님이라는 단어에 힘을 주며 말했다.

"내가 왜 당신 누님인가요?"

번번이 무영에게 꼼짝없이 당하던 기억이 되살아난 염지란이 마침내 발끈하며 고함을 질렀다.

"제가 한 살 더 어린 걸로 알고 있습니다. 그렇지 않습니까, 큰형님?"

천종화가 염지상을 정시하며 물었다.

나이 차이로 따지면 아버지와 아들 같았지만 염천기가 천종화의 의백부이니 염지상은 천종화의 큰형님이 될 수밖에 없었다.

갑작스럽게 질문을 받은 염지상이 허둥대다가 염천기를 쳐다보았다.

이건 자신이 아니라 부친이 해결할 문제였다.

"맞는… 말이다."

염천기는 입맛을 다시며 고개를 끄덕였다.

염천기가 시인하자 염지란은 더 이상 대꾸를 하지 못하고 씩씩거리며 입술만 깨물었다.

"꼭 여자 고수가 필요하다면 녹기대 대주도 있어요!"

염지란이 겨우 흥분을 억누르고 차갑게 말했다.

"그녀는 물러터져서 그곳에서는 열흘도 못 견딜 것이라 했습니다. 하오문의 여인들을 통솔 가능한 사람은 지란 누님뿐입니다."

천종화는 무영의 의견인지 자신의 의견인지 모를 말투로 답했다.

"난… 난 아버님을 호위해야 해요. 절대로 못해요."

염지란이 강하게 고개를 흔들며 딱딱 끊어지게 내뱉었다.

"호위는 가원이란 분 한 명으로도 충분할 거라 했습니다. 그 역시 지금쯤 두 배가량 무공이 늘었을……."

"절대로 못해요!"

천종화의 말꼬리를 자르며 염지란이 단호하게 고함을 질렀다.

천종화는 잠시 말을 멈추고 염천기와 공야흠을 쳐다보았다.

그의 손이 천천히 품속으로 들어갔다.

"조양패의 권위를 정면으로 부정하는 겁니까?"

품에서 종이 한 장을 꺼낸 천종화가 그것을 펼쳐 들었다. 그 종이에는 조양패의 문양이 선명하게 찍혀 있었다.

공야흠과 염지상이 흠칫 신형을 굳혔고 염천기도 굳은 표정을 지었다.

방도는 물론 가족들의 생살여탈권을 결정하던 조양패다. 지금 진설이 천종화의 지시를 거절하면 태상방주의 혈족이 스스로 조양패를 부정하는 것이 된다.

"야아악!"

꼼짝 못할 상황에 약이 오를 대로 오른 염지란은 검을 빼 들고 뒤에 쳐져 있는 주렴을 향해 마구잡이로 휘둘렀다.

주렴이 조각조각 나며 바닥으로 떨어져 내렸다.

그러고도 분이 풀리지 않는지 그녀는 바닥에 떨어져 내린 주렴 조각들을 걷어차다가 주저앉아 엉엉 울기 시작했다.

자신으로서는 도저히 불가항력의 상황에 그녀는 부친과 큰오라버니 염지상에게 통곡으로 시위를 하고 있는 것이다.

하지만 그런다고 해서 될 일이 아니었다.

염천기의 호위로서 몇 년을 그림자처럼 따라다닌 그녀였기에 조양패의 권위를 누구보다 잘 알고 있었다. 그것을 스스로 부정할 수는 없었다.

그녀는 마침내 울음을 멈추고 일어섰다.

"죄송해요, 아버님, 그리고 큰오라버니!"

염지란은 눈물을 닦고 두 사람에게 머리를 숙였다.

"미안하구나. 네 심정은 알겠지만 어쩌겠느냐. 일 년만 고생을 하거라. 그가 아니었으면 지금의 우리도 없지 않겠느냐."

염지상이 염지란의 어깨를 두드리며 부드러운 목소리로

달랬다.

염천기도 말없이 다가와 염지란의 등을 두드렸다.

"정말 죄송합니다. 저도 이렇게까지는……."

천종화가 조양패 문양이 찍힌 종이를 품속에 넣으며 고개를 숙였다.

처음으로 염천기가 마지막으로 봤을 때의 천종화의 모습이 나타났다.

"가만 안 둘 거야!"

염지란은 천종화를 쳐다보며 날카롭게 외쳤다. 그러나 그 시선은 숨길 수 없는 한 가닥 그리움과 함께 천종화를 지나 더 먼 곳으로 향하고 있었다.

第七十一章

대성(大成)

장홍관일

군현 남쪽에서 이백여 리 떨어진 곳에 위치한 무당산은 칠십이 봉(峰), 삼십육 암(巖), 이십사 간(澗)으로 구성되어 있는데 둘레는 대략 사오백 리에 달한다.

봉우리들은 하늘 높이 솟아 있으며 그 모습이 향로처럼 생겼는데 사시사철 안개에 덮여 있어 더욱 신비롭게 보였다.

많은 봉우리 중에 가장 높은 봉우리는 천주봉(天柱峰)으로, 일명 자소봉(紫霄峰)이라고도 한다. 특히 삼령(三嶺)이라는 봉우리는 늘 흰 구름에 싸여 있는데 해가 이곳에서 떠올라 이곳에서 진다고 하여 일조봉(日照峰)이라 불리기도 했다.

이런 신성한 산세이기에 사시사철 많은 참배객이 모여들

었고 곳곳에 도관이 세워졌다.

가을이 짙어가는 무당산의 경치는 그야말로 선경을 방불케 했다.

산기슭에서 발생한 안개가 정상으로 피어올라 흰 구름을 이루고 그 흰 구름 위에서는 금방이라도 수염을 늘어뜨린 도사가 선학을 타고 내려올 것 같았다.

"정말 아름답군!"

아침 일찍 일어나 빗자루를 들고 접객실 앞을 쓸어가던 마소창은 문득 고개를 들고 산세를 감상하다 자신도 모르게 감탄사를 터뜨렸다.

자욱하게 피어오른 새벽안개가 걷혀가며 향로 같은 봉우리의 모습들이 하나하나 자태를 드러내자 절로 경건한 마음이 들며 고개를 숙이고 싶어지기까지 했다.

"이런 곳에 살면 병도 안 걸리고 있던 병도 다 나을 거야."

마소창은 가슴을 활짝 펴며 폐부 깊숙이 대기를 빨아들였다.

무당산의 정기를 듬뿍 머금은 대기는 감로주보다 더 달콤하게 폐부 구석구석으로 스며들어 그 안에 쌓였던 먼지 한 올까지 모두 씻어주는 것 같았다.

"흐으읍!"

마소창은 다시 한 번 길게 호흡을 했다. 그리고 자연스럽게 대기를 단전으로 몰아넣었다.

단전에서 은은한 온기가 느껴졌다.

그동안 실낱같이 가는, 그러다 어떤 때는 그것마저 느껴지지 않아 안달복달 애를 태웠는데 이젠 마음만 먹으면 이렇게 서서도 기를 느끼고, 더 나아가 축기도 할 수 있었다.

시작이 반이라고 했다.

축기를 할 수 있고 스스로 그 기운을 혈맥으로 돌릴 수 있게 된 이상 반은 이룬 것이다.

이제부터는 먹고 자는 순간에도 운기에 매달리며 내력을 쌓아갈 것이다.

조양방에서 무영의 제자가 되고 처음 익히기 시작한 운기법!

처음 한 달 정도는 혈맥에서 기가 대해처럼 흐르는 듯한 엄청난 느낌을 받았다.

그때는 그것만으로도 너무 대단하다는 느낌에 무영의 지시를 수행하는 중에 만난 같은 조원인 정대룡에게 자신이 지금 얼마나 대단한 수련을 하는지 모를 거라며 자랑을 하기도 했다.

그러나 그 이후로는 그런 느낌은 거짓말같이 사라지고 먼지가 쌓이듯 더디게 축기가 되는 바람에 애가 탔다. 그래서 무영과 허복양에게 속성 무공을 가르쳐 달라고 떼를 쓰기도 했다.

그러다 이곳에 온 어느 순간, 단전에서 온기가 느껴지고 실낱같긴 하지만 그 온기를 혈맥으로 흘릴 수 있다는 것을 느꼈다.

그때부터는 축기도 급속도로 이루어지는 느낌이었다.

아마도 무당산 정기가 가득한 이곳 무당파에 기거해서 더욱 빠른 것 같았다.

"이러니 무당파에 고수가 많을 수밖에……."

마소창은 마치 산모가 자신의 배를 쓰다듬듯 조심스럽게 단전을 쓰다듬은 후 다시 비질을 시작했다.

지금 생각하면 그때 조양방에서의 첫 수련은 혈맥을 씻어내는 심공이었을 뿐, 축기를 하는 것은 아니었다는 생각이 들었다. 축기는 그 수련이 끝나면서부터 시작했고 너무 진도가 나가지 않는다는 생각을 하고 있었다.

그런 연유로 마소창은 그때 혈맥을 씻어내는 수련을 크게 중요한 것으로 생각하지 않고 오히려 시간낭비라고 여겼다.

하지만 그것은 마소창이 삼류무사에도 속하지 못하는 강호 문외한이었기에 할 수 있는 생각이었다. 후에라도 그 수련의 진가를 알게 된다면 그때 왜 좀 더 매진하지 못하고 다른 수련을 못해 안달복달했을까 하고 땅을 칠 것이다.

스무 살이 되어갈 때까지 제대로 된, 아니, 운기라는 행위 자체를 한 번도 하지 못하고 방치된 마소창의 혈맥은 개울로 따지면 물이 흐르지 못하는, 흐른다 해도 금방 썩어버리는 하수구나 마찬가지였다.

그런 혈맥에 아무리 축기를 하고 진기를 유통시켜 보아야 평생 삼류 수준을 면치 못할 것이다.

무영은 마소창을 제자로 받아들이며 상문의 독문심법인 혼원세혈심법(混元洗血心法)을 수련하게 하여 탁기가 가득한 혈맥부터 씻어내게 한 것이다.

다행히 그때는 그것만 익히면 당장 고수라도 되는 줄 알았던 마소창이 죽을힘을 다해 수련을 했기에 혈맥을 가득 채우고 있는 탁기를 거의 씻어내고 축기의 바탕을 만든 것이다.

마소창은 상상도 못하고 있겠지만 그가 혼원세혈심법을 수련한 것은 고수에 비유하자면 인형설삼 한 뿌리를 복용한 것이나 마찬가지였다.

그로 인해 마소창은 지금 단전에 축기가 가능하고 미약하나마 마음이 이끄는 대로 운기도 할 수 있는 것이다.

혈맥에 탁기가 쌓일 대로 쌓이고 근골이 굳어버린 마소창이 일반적인 방법으로 수련하여 그런 성취를 이루려면 족히 오 년은 걸려야 할 것이다.

그러나 그걸 알 리 없는 마소창은 아직도 속성 무공을 가르쳐 주지 않는 무영과 허복양을 원망하고 있었다.

"부지런하기도 하군."

접객실 뒤쪽으로 비질을 해나가던 마소창은 나직하게 감탄사를 토했다.

자신도 최대한 일찍 일어났다고 생각했는데 자신보다 먼

저 일어난 무당의 제자들이 열심히 수련을 하고 있었다.

마소창은 자신도 모르게 비질을 멈추고 그들을 쳐다보았다.

다른 문파의 수련 장면을 훔쳐보는 것은 금기였지만 지금 무당파 제자들의 수련은 무당 비전이 아니라 단순한 몸 풀기나 체력 단련 정도의 수련이었기에 마소창은 아무 부담 없이 구경을 했다.

열 명 남짓한 무당 제자들은 제각각 몸을 이러저리 돌려 근육을 풀기도 하고, 마보를 취하며 꼼짝 않고 서 있기도 했다.

'저게 구궁장공(九宮長功)이라는 수련인가?'

마소창은 다른 한쪽에서 바삐 움직이며 수련을 하는 청년 한 사람을 보며 속으로 읊조렸다.

그는 아홉 개의 벽돌을 구궁의 위치에 따라 배열해 놓고 그 벽돌만 밟고 전진과 후진, 좌보, 우보를 밟으며 빠르게 신형을 움직이고 있었다.

처음에는 조심스럽게 움직이던 청년은 점차 빠르게 신형을 움직여 갔고, 나중에는 그 움직임이 바람을 방불케 했다.

그러면서도 밟고 있는 벽돌은 하나도 헛디디지 않았다.

'정말 대단하군!'

마소창은 속으로 혀를 내둘렀다.

점점 빨라지던 청년의 움직임은 이젠 허공에 떠서 움직이는 것 같았다.

자신은 바닥에 놓은 벽돌을 쳐다보며 걸음을 옮겨도 금방 발을 헛디뎌 땅을 밟을 것 같았는데, 청년은 벽돌은 쳐다보지도 않고 바람처럼 움직이는데도 자로 잰 듯 벽돌 한복판만 밟았다.

한참을 그렇게 수련하던 청년은 땅을 밟고 내려서서 벽돌을 세로로 세웠다.

그렇게 하자 밟을 수 있는 벽돌의 면적은 반으로 줄어들었고, 그 높이는 배로 늘어났다. 또한 벽돌이 땅에 닿는 면적도 반으로 줄어들어 조금만 잘못 밟으면 삐끗하여 벽돌이 쓰러질 것 같았다.

청년은 다시 천천히 보법을 밟다가 아까처럼 빠르게 신형을 이동시켰다.

이미 구궁장공의 수련이 깊은지 벽돌을 세로로 세워 높은 상태에서도 처음과 전혀 달라지지 않고 청년은 바람처럼 움직였다.

마소창은 박수라도 쳐주고 싶은 심정이었지만 입을 꾹 다물고 시선을 옮겼다.

그의 눈에 또 다른 광경이 들어왔다.

마보를 취한 채 한참을 꼼짝도 않고 있던 청년이 그 자세 그대로 나무로 만든 공 하나를 동료로부터 건네받았다.

청년은 그것을 양 손바닥으로 천천히 굴리며 회전시켜 상하좌우로 들어 올리기도 하고 내리기도 하며 부드럽게 움직였다.

이른바 태극구공(太極球功)의 수련이었다.

마소창은 자신도 모르게 입을 벌렸다.

나무 공은 마치 청년의 손바닥에 달라붙어 있는 것처럼, 또는 자석이라도 된 듯 떨어지지 않고 부드럽게 굴러다녔다.

손목과 손의 너무나 부드러운 움직임!

그것이 나무 공을 허공에 뜬 것처럼, 손등과 손바닥에 달라붙은 것처럼 보이게 만들었다.

무당의 면면부절한 무공은 저런 부드러움에서 나오는 것이다.

저런 수련이 깊어지면 그때는 돌을 깎아 만든 구슬이나 쇠구슬로 똑같은 수련을 하게 된다.

나무보다 몇 배나 무거운 석구(石球)나 철구(鐵球)를 깃털이나 된 것처럼 허공에 띄우고 손바닥에, 손등과 손목에 달라붙어 보이게 다룰 수 있다면 면면부절한 부드러움 속에 쇠구슬만큼 강한 기운을 담을 수 있는 것이다.

마보를 취한 자세에서 하는 저 수련은 다리에서부터 생긴 기를 허리와 단전으로 순환시켜 간다. 저 수련이 완숙해지면 손에서 끈기가 생겨 그 손에 잡힌 상대는 절대로 빠져나가지 못한다.

청년은 아직 석구나 철구로 수련할 단계는 아닌 듯 목구 하나로만 열심히 수련했다.

그 목구를 다루는 수련만으로도 감탄사가 절로 나올 수준인지라 마소창은 넋을 잃고 바라보고 있었다.

"흠! 흠!"

뒤쪽에서 들리는 낮은 기침 소리에 마소창은 퍼떡 정신을 차리며 신형을 돌렸다.

하얀 머리를 단정하게 손질한 노인!

무당의 노도사로 손색이 없는 모습이었다.

그러나 그는 노인도 아니고 무당파의 노도사도 아니었다.

많이 잡아야 삼십대 중반의 나이인 허복양이었다.

"사백!"

마소창은 반가움 가득한 음성과 함께 허복양을 쳐다보았다. 그러나 그 반가운 음성은 순간적이었고 마소창의 두 눈에서는 안타까운 빛이 폭포수처럼 흘러나왔다.

허복양은 이젠 완벽한 노인이었다.

외모도 그랬고 목소리도 그랬다.

걸음걸이나 손짓 하나도 노인과 똑같았다.

거기에 예전부터 노인 같았던 말투와 성격이 더해져 이제는 누구도 의심치 않을 정도로 완벽한 노인이 되어 있었다.

무황성주와 사투를 벌인 후 이곳으로 온 허복양은 무당파 도사들의 보살핌 덕에 온전한 모습으로 깨어났지만 소진되어 버린 선천지기는 어찌할 수가 없었다.

그 잃어버린 선천지기의 양만큼 세월도 잃어버린 것이다.

그러나 허복양은 자신의 그런 처지를 조금도 비관하거나 좌절하지 않았다.

자신의 존재 의미는 무영을 구하는 것이고, 무영을 구할 수 있다면 자신의 생명을 모두 바쳐도 조금도 아깝지 않은데 이렇게 살아 있으니 덤을 얻은 것이라며 오히려 감사해했다. 그리고 자신을 쳐다보며 커다란 자책감을 느끼는 무영을 훈계하여 현천심공을 수련하게 했다.

무영을 훈계하는 허복양의 목소리가 너무도 엄하였기에 천하의 무영도 한마디 대꾸조차 하지 못한 채 현천심공 비급을 들고 무당파에서 마련해 준 수련동에 들었다.

그렇게 수련동에 든 무영은 열흘에 한 번 정도는 수련동에서 나와 사형 허복양의 상세를 살피고, 마소창에게 무언가를 지시하기도 했다. 그러면 마소창은 산문 밖의 객점에 있는 부연호에게 다시 그것을 전했다.

부연호는 처음부터 이곳 무당파로 오지 않고 그곳에 거처를 잡았다.

아무리 그가 무영의 친구이고 유쾌하고 광명정대한 사람이라 하지만 그는 엄연히 마교도였다. 마교도가 무당파에 몸을 의탁하는 것은 부연호나 무당파 두 쪽 다 허용할 수 없는 일이었다.

"자네는 또 남의 문파 무공을 훔쳐보고 있는가?"

허복양이 엄한 목소리로 말했다.

예전에도 허복양의 이런 훈계조의 목소리는 잘 어울렸지만 완전히 노인의 외모로 변한 지금은 그야말로 완벽하게 어울렸다.

그 모습은 마치 할아버지가 철없는 손자를 타이르는 것 같았다.

"사백님도 참! 제가 다른 문파 무공을 훔쳐볼 주제나 되는가요. 본다고 해도 눈뜬장님이나 마찬가지지요. 또 저런 수련은 비기도 아닌, 누구나 알고 있는 수련법이지 않습니까?"

마소창은 쓰게 웃으며 답했다.

고지식한 허복양은 이런 면에 있어서는 손톱만큼의 융통성도 없었다. 아닌 것은 어떤 상황에서도 무조건 아니었고 옳은 것 역시 그랬다.

"자네는 어엿한 상문의 제자일세. 아무리 사소한 것이라도 남의 문파 무공은 훔쳐보아서는 안 되네. 그렇게 하는 것은 스스로 본 파의 위엄을 훼손하는 행위일세."

허복양의 목소리가 더욱 엄해졌다.

"제 생각이 짧았습니다, 사백! 다시는 안 그러겠습니다."

마소창이 깊숙이 허리를 숙이며 자신의 잘못을 시인했다.

"험험! 그렇다고 그렇게 허리까지 숙일 필요는……."

허복양은 금방 엄한 표정을 풀고 오히려 자신이 더 미안해하는 모습이 되었다.

"일찍 나오셨군요."

뒤에서 여인의 목소리가 들렸다.

역시 아침 일찍 일어나 접객실을 청소하고 나오던 염예령이 허복양을 향해 깊숙이 고개를 숙였다.

도사들만 거주하는 무당파였기에 염예령은 접객실 근처에 있는 향화객을 맞이하는 별채에 거주하며 아침 일찍 신속히 접객실 내부를 청소한 후 허복양이나 마소창을 만났다.

그것은 전적으로 무영의 소식이 궁금했기 때문이다. 매일이 시간이면 마소창이나 허복양이 이곳에 나오기에 무영의 소식을 들을 수 있기 때문이다.

"염 소저시구려."

허복양이 어색한 표정으로 염예령의 인사를 받았다.

조양방에 있을 때처럼 마주치는 여인들을 모두 요괴 보듯 피하지는 않았지만 여전히 어색해했다.

염예령과 인사를 나눈 허복양은 주변을 두리번거렸다.

청년 도사들이 그녀를 발견하면 평정심이 흐트러지기 때문이었다.

아무리 도사들이지만 그들 역시 사람이고, 혈기왕성한 청년들이다. 그들에게 있어 묘령의 아리따운 여인은 온통 마음을 흔들어놓기에 충분한 것이다.

그래서 이곳으로 올 때 염예령은 마치 세가에서 일하는 찬모들처럼 수건을 뒤집어써서 얼굴을 거의 다 가리고 옷도 헐렁하고 낡은 것으로 입었다. 그러나 언뜻언뜻 드러나는 빼어난 자태는 어쩔 수 없었다.

"공자님 소식은?"

염예령은 걱정스런 표정으로 물었다.

전에는 열흘에 한 번 정도는 소식을 들었고, 어떤 때는 얼굴도 볼 수 있었다. 그러나 최근에는 본 적이 없었다.

가장 최근에 본 것은 근 한 달 전이었다.

그때는 무슨 영문에서인지 자신을 먼저 찾아와 조양방에 서신을 전하라고 했다.

마침 몰래 도망쳐 나온 후 가족들에게 내내 죄스러웠던 터라 자신의 소식과 함께 무영의 서찰도 같이 부쳤다.

그 이후로 무영은 근 한 달 동안 두문불출이었다.

수련동에서의 공부가 막바지에 이른 듯 사형 허복양과 마소창도 그때 이후 무영의 얼굴을 보지 못하기는 마찬가지였다.

"서찰을 전한 그때부터 한 번도 나오시지 않았습니다."

마소창이 무영의 근황에 대해 얼른 답했다.

그의 얼굴에도 걱정스런 기운 한 가닥이 스쳐 지나갔다.

무영의 능력을 의심하는 것은 아니었지만 이전에는 열흘에 한 번 정도는 나와서 장문인 영진자와 대화도 나누고 무슨 문답 같은 것도 하고 했는데 갑자기 한 달 가까이 수련동에서 나오지 않으니 슬슬 염려가 되는 것이다.

"혹시……."

염예령은 급히 말꼬리를 잘랐다. 그리고는 자신이 한 생각 때문에 부정을 타지나 않을까 두려운 표정을 했다.

"큰 염려는 안 해도 될 겁니다. 마지막으로 수련동에서 나왔을 때 이곳 장문인과 오랫동안 대화를 나눈 것으로 봐서 수련의 막바지에 다다르지 않았나 하는 생각이 듭니다. 특히 수련동에 들어가면서 저보고 걱정하지 말라고 당부하신 것은 이런 경우를 예상한 때문이 아닌가 생각됩니다."

마소창은 상세한 설명으로 염예령을 안심시켰다.

자신이 무영의 제자가 된 지금은 그녀와의 관계가 어정쩡하게 되었지만 그가 조양방에 있을 때 염예령은 방주 직계 혈족으로 하늘같은 상전이었다.

"그럼 조만간 수련이 끝날 수도 있겠군요?"

염예령이 허복양을 향해 물었다.

허복양을 쳐다보는 그녀의 눈에도 안타까움이 가득했다.

"글쎄, 그러면 좋으련만……."

허복양은 무영이 수련 중인 수련동 쪽을 쳐다보며 염원을 하듯 말했다.

*　　　*　　　*

똑!

똑!

암석 동굴 천장으로부터 한 방울씩 떨어지는 물방울 소리만이 태고의 정적을 일깨웠다.

그 소리 이외에는 아무런 소리도 들리지 않았다.

완벽한 어둠 속 몰아(沒我)의 상태에서 운기에만 매달린 지 며칠이 지났는지, 몇 달이 지났는지 가늠하기 힘들 지경이었다.

필생의 수련을 하는 중에 몰아, 또는 망아(忘我)의 순간에 빠져들면 스스로는 숨 몇 번 고를 시간밖에 흐르지 않았다고 느꼈지만 실제로는 며칠이 지날 수도 있었고, 그 반대로 스스로는 족히 사흘은 지났다고 느꼈는데 실제로는 숨 몇 번 쉬는 시간밖에 지나지 않은 경우도 있었다.

무영의 지금 상태가 그랬다.

심공의 막바지 수련에 이르러 몰아의 순간에 빠져들었고, 얼마의 시간이 지났는지 알 수가 없었다.

마지막으로 밖에 나가 염예령에게 서신을 전하라고 한 이후 보름 정도가 지나자 시간의 흐름을 잊어버린 것이다.

그 몰아의 시간 속에서 무영은 현천심공에 이어 반선심공에 매달리고 있었다.

무영 일행이 이곳 무당으로 온 후 무당 장문인 영진자는 즉시 소림으로 사람을 보냈다.

현천심공과 함께 무영에게 절실히 필요한 반선심공을 얻기 위해서이다.

화씨세가의 잔치에서 화산의 청우자와 함께 무림 명숙들의 비밀 모임에 소림에서도 참석하였다. 그들을 통해 무황성에 대한 경각심과 함께 무영에 대한 소식을 들었던 소림방장 무오성승은 흔쾌히 반선심공을 내어주었다. 그리고 무영의 수련에 도움이 될 만한 자신만의 심득도 같이 적어주었다.

현천심공과 반선심공!

두 심공 모두 상문에서 흘러나와 오랜 시간 무당과 소림의 진기가 스며들어 이젠 상문심법의 흔적을 거의 찾을 수 없을 정도가 되었다.

그러나 그 원천은 어디까지나 상문이었고, 그 두 심법은 무영의 혈맥에서 원천과 합류하고 있었다.

실제로 수련의 대부분은 반선심공에 있었다.

현천심공은 무영이 혼수상태에 빠졌을 때 영진자가 명문혈을 통해 현천진기를 불어넣어 혈을 다스림으로써 팔 할 이상 성취한 것이나 마찬가지였다.

그래서 이곳에 온 지 보름 만에 현천진기는 자유자재로 다스릴 수 있었다.

반면 반선심공은 완전한 백지 상태에서 수련하는 것과 같았다.

불문의 정종심법!

도문인 무당의 심법과 비슷한 것 같으면서도 다른 점이 많았다.

만약 영진자의 현천진기로 내력을 다스리지 않은 상태에서, 그리고 현천심공을 먼저 익히지 않은 상태에서 반선심공을 먼저 수련했더라면 석 달이 다 되어가는 지금까지도 반선심공에만 매달려 있을 것 같았다.

그러고 보면 전화위복이니 인간사 새옹지마니 하는 말이 딱 맞는 것 같았다.

단목상군과의 대결에서 죽을 고비를 맞았지만 그것으로 인해 현천심공은 거저 얻은 것이나 마찬가지가 되어 수련이 몇 배로 빨리 끝났고, 소림을 찾아가지도 않은 채 반선심공도 얻어 이젠 대성을 향해 달려가고 있었다.

몰아의 상태에서 무영은 길게 호흡을 이끌었다.

아니, 길게 이끈다는 의식도 없었다.

몰아의 순간 속에 찾아오는 진아(眞我)가 모든 것을 이끌어가고 있었다.

무영은 지금 전혀 의식이 없는 중에 모든 것을 의식하고 있는 그런 상태였다.

전혀 자신을 의식하지 못하면서도 더 큰 우주의 의식과 끊임없이 상통하며 자신이 우주인지 우주가 자신인지 모를 상태에 빠져 있었다.

온 우주만큼 큰 의식 속에서 무영은 자기 자신의 모습을 쳐다볼 수도 있었다.

모체의 자궁에서 태어나면서부터 아장아장 걷는 모습, 그리고 청년으로 성장하는 모습.

그 모든 것이 수유의 순간에 떠올랐다가 사라지기를 반복했다.

그러던 어느 순간, 더 큰 의식이 자신의 단전 속으로 빨려 들어가는 느낌을 받았다.

우우웅!

단전의 한쪽 벽이 와르르 무너지며 의식의 벽마저 한 꺼풀 무너졌다.

굳건히 버티고 있던 의식의 경계가 무너지자 그동안 지독하게도 어려웠던 구절들이 마치 처음부터 알고 있던 것처럼 머릿속에 훤히 들어왔다.

이른바 돈오(頓悟)의 순간이었다.

'됐다!'

시간이 정지된 채 몰아의 순간 속에 빠져 있던 무영의 의식이 현실 세계로 돌아왔다.

현천심공과 마찬가지로 상문에서 흘러나와 오랜 시간 소림의 정기가 스며든 반선심공!

그 무겁고도 웅혼한 심법의 수련이 드디어 대성을 이룬 것이다.

공부에는 끝이 없기에 또 한 단계의 성취를 이룰 날이 올지도 모르겠지만 지금의 한계는 모두 뛰어넘고 대성을 이룬 것이다.

낮게 호흡을 가라앉힌 무영은 천천히 눈을 떴다.

번쩍!

일순 동굴 안에 사물이 훤히 드러났다 사라졌다. 무영의 눈에서 쏘아져 나온 정광이 동굴 안을 순간적으로 밝힌 것이다.

눈을 뜬 무영은 천천히 사방을 둘러보았다. 그리고 자신의 모습도 살폈다.

몰아의 순간에 빠지기 직전보다 수염이 한 치는 더 긴 것 같았다. 머리카락은 두 치도 더 길어 있었다.

이 정도라면 족히 열흘의 시간은 지났을 것이다.

수련동에서 두문불출한 지 보름쯤 지난 후 깊은 수련에 빠져들었고, 단 한 시진 정도 눈을 감았다 뜬 것으로 생각했던 무영은 속으로 혀를 찼다.

이전에도 하루나 이틀의 시간이 한 시진 정도 만에 지나간 것 같은 경험이 몇 번 있었다.

그럴 때마다 한 단계 성큼 진전이 있었다.

이번에는 그때보다 몇 배는 더 긴 기간이 한 시진 정도의 느낌 속에 지나가 버렸다. 그리고 그에 상응하는 성취가 뒤를 따랐다.

무영은 가부좌를 튼 자세 그대로 유지한 상태에서 길게 호흡을 이끌었다.

단전 깊은 곳에서 분출되기 직전의 용암처럼 일렁거리고 있는 기운!

그 파괴적인 기운은 그동안 현천진기와 반선진기가 자신의 공간을 점령해 오는 것을 끊임없이 방해했다.

그 기운은 마치 살아 있는 생명체 같았다.

놈은 소름 끼치는 이빨과 발톱을 지닌 괴물이나 마찬가지였다.

어떤 타협도 불허했으며 어떤 지시에도 불응했다.

불출구가 보이면 무조건 그곳으로 튀어나가 온 세상에 파괴의 기운을 뿌리려고 할 뿐이었다.

그 기운은 단전으로 밀려드는 현천진기와 반선진기에 극도로 분노하며 빈틈만 보이면 순식간에 폭발할 듯 똬리를 틀고 있었다.

한번 폭발하면 그 무엇으로도 억누를 수 없는 파멸의 기운!

부적과 주술의 힘으로 인간의 잠재능력을 최대한 증폭시키는 데에 상문은 타의 추종을 불허하는 능력을 축적해 왔다.

그렇게 누대에 걸쳐 증폭을 거듭한 힘은 그만큼의 역작용도 같이 일으켰고, 그로 인해 상문은 이제 거의 멸문에 이르렀다.

그 가공스런 기운을 극복하지 못한다면 상문은 완전히 문을 닫고 전설로만 남게 될 것이다.

그 전설을 되살리고 싶었다.

목숨을 걸고서라도 한 번쯤 신화에 도전하고 싶었다.

사나이로 태어났기에 심장이 천 조각, 만 조각 갈라지는 한

이 있더라도 시도해 보고 싶었다.

비로소 그때가 온 것이다.

그동안 수많은 시도와 시행착오 끝에 방법을 찾았고, 천운으로 자신의 대에 인연이 닿았다.

무영은 잠시 가부좌를 풀고 몸을 풀었다.

수염이 한 치나 길어날 정도로 긴 시간 동안 꼼짝 않고 앉아 있었지만 몸 어느 곳도 뭉치거나 굳어진 곳이 없었다.

오히려 이전보다 몸은 더 유연하고 부드러웠다.

더 이상 준비할 것은 아무것도 없었다.

지금 당장 한계를 뛰어넘는 도전을 하면 될 터였다.

다시 가부좌를 틀고 앉은 무영은 길게 호흡을 이끌며 현천진기를 끌어올렸다.

우우웅!

도도하게 이끈 현천심공의 기운이 단전 밑바닥을 향해 대하의 물결처럼 흘러들었다.

꿈틀!

깊이를 알 수 없는 시퍼런 호수 바닥에 웅크리고 있는 괴수처럼 단전의 가장 밑바닥에 가라앉아 있던 파괴의 기운이 한 차례 요동을 쳤다.

자신의 영역을 침범하는 그 어떤 존재도 용납 않겠다는 듯 파괴의 기운은 으르렁거리며 경고하고 있었다.

이 기운을 억누르고 스스로의 것으로 통제하지 못한다면

자신은 언제든 선인봉에서와 같은 꼴을 당할 것이고, 상문은 완전히 문을 닫게 될 것이다. 또한 자신을 위해 모든 것을 던진 사형의 희생을 헛되게 하고 정인의 복수도 도모할 수 없다.

'흐으읍!'

무영은 다시 한 번 현천진기의 기운을 무겁게 이끌었다.

현천심공만으로는 엄두를 내지 못할 일이었지만 이젠 그 뒤에 반선심공의 광대한 기운이 받치고 있다.

울렁!

단전이 더욱 세차게 일렁거렸다.

그것은 마치 마지막 경고를 발하는 야수의 포효 같았다.

'이젠 안 당한다!'

자신의 몸속에 있으면서도 자신의 것이 아닌 것 같은 기운!

마치 몸에 기생하는 가공스런 독고(毒蠱) 같은 기운을 향해 무영은 더욱 강하게 현천진기를 이끌었다.

쿠르릉—

마지막 경고를 발하던 괴물이 드디어 용틀임을 시작했다.

단목상군과 대결할 때 자신도 모르게 끌어올려져 통제를 벗어나 미쳐 날뛰었던 기운!

그때와 똑같이 그 기운이 미쳐 날뛰려 하고 있었다.

'으음!'

무영은 전신 혈맥이 뒤흔들리는 듯한 충격에 신음을 삼

켰다.

쿠르르르—

파멸의 기운이 마침내 분출을 시작했다.

현천진기와 반선진기로 통제를 하면 그것은 영원히 자신의 것이 될 것이지만 실패하면 더 이상 자신은 존재하지 않을 것이다.

혈맥이 완전히 파열되어 칠공에서 피를 쏟으며 죽게 되든지, 더 최악의 경우 이성을 완전히 잃은 대마인이 되어 세상을 피로 물들이게 될 것이다.

그 어느 쪽이든 더 이상 자신의 존재는 사라지고 마는 것이다.

무영은 성난 파도처럼 요동치는 기운을 향해 바위를 굴러 떨어뜨리듯 현천진기를 밀어붙였다.

콰앙—

거대한 용암이 터져 올라 혈맥을 파열시킬 듯 질주해 나갔다.

우우웅!

현천진기가 진흙 반죽처럼 무거운 기운으로 혈맥을 보호하며 노도처럼 질주하는 기운을 막아갔다.

진흙 반죽에 막힌 노도의 기운!

그 기운은 더욱 미쳐 날뛰며 분출하기 시작했다.

콰콰쾅!

'으윽!'

단전과 혈맥 속에서 화산이 터지는 것 같은 느낌에 무영은 비명을 삼켰다.

단목상군과 혈투를 벌이던 그때의 기분이 되살아났다.

마치 세찬 숯불에 달군 듯 붉은 광채를 뿌리며 가슴을 쳐오던 단목상군의 손!

그 손에 가슴을 가격당한 순간 미친 듯이 솟구쳐 오르던 분노!

그 분노가 단전 밑바닥에서 다시 터져 올랐다.

모조리 죽이고, 파멸시켜 버리고 싶은 파괴의 본능!

그 미칠 듯한 분노가 이제 온 뇌리를 휘저었다.

"크윽!"

마침내 잇새로 신음이 새어 나오며 무영의 눈이 벌겋게 충혈되었다.

양손이 부들부들 떨리며 손안에 걸리는 것은 모두 으스러뜨릴 듯 붉은 기운이 일렁거렸다.

그와 동시에 현천진기는 더욱 무겁게 파괴의 기운을 억눌러 갔다.

콰콰쾅―

또 한 번의 폭발이 무영의 전신을 뒤흔들었다.

"크으윽!"

무영의 눈이 완전히 혈안으로 변했다. 그리고 그 기운은 무영의 전신을 휘감았다.

—어리석구나!

무영의 뇌리에서 한줄기 목소리가 폭음처럼 울렸다.

—너는 파괴의 화신이다! 스스로를 부정하지 말고 네 본능에 모든 것을 맡겨라.

목소리는 더욱 크게 무영의 뇌리를 두드렸다. 그리고 전신을 두드렸다.

무영의 눈에서 더욱 시뻘건 안광이 흘러나오며 전신을 뒤덮어갔다.

—파괴와 파멸은 삼라만상의 궁극적인 귀결! 그 큰 뜻에 네 몸을 맡겨라. 그리하여 완벽한 파괴의 화신으로 태어나라.

뇌리를 온통 터뜨릴 듯 울리던 목소리는 이젠 여인의 목소리보다 더 달콤하고 감미롭게 속삭였다.

단목상군과의 대결에서 한번 터져 나온 파멸의 기운은 더욱 강렬해져 있었다. 그 기운에 휩싸인 무영의 눈은 완전히 이지를 상실한 듯 멍하니 한곳에 고정되어 있었다.

—이제 내 뜻에 따르라!

완전히 이지를 잃은 것 같은 무영의 뇌리에서 마지막 목소리가 울렸다.

그 목소리는 그 어떤 주술보다 강력하고, 어떤 유혹보다 감미로웠다.

핏빛 붉은 기운이 완전히 무영을 감싸고 승리의 환호를 지르듯 일렁거리고 있었다.

이제 무영의 주변은 자욱한 핏빛 기운으로 점령당했다.

동굴 안의 공간도 그랬고 무영도 그랬다.

하지만 한줄기 강철 같은 단심(丹心)은 스스로의 존재를 지켜 나갔다.

완전히 이성을 상실한 듯 허공 한곳에 고정되어 있던 무영의 눈동자가 천천히 움직이기 시작했다. 그러자 환호를 지르듯 일렁거리던 기운이 얼음처럼 경직되었다.

"너는 내 안에 있는 기운. 네 주인은 나다!"

무영의 입에서 억양없는 음성이 흘러나왔다.

뒤이어 낮고 긴 호흡이 같이 흘러나왔다.

수많은 몰아의 순간 속에서 견고하게 다져진 무영의 정심(貞心)이 파괴의 기운에 굴복하지 않은 것이다.

휘이잉!

잠시 얼어붙은 채 꼼짝하지 않던 핏빛 붉은 기운이 미친 듯 일렁거리며 암흑 동굴 같은 입을 딱 벌리고 무영의 전신을 집어삼켜 왔다.

그 순간!

우우웅—

현천진기의 뒤를 받치고 있던 반선진기가 만마를 쳐나가는 불타의 손바닥처럼, 홍수를 막아가는 거대한 산사태처럼 몰려오며 사자후 같은 진동음과 함께 무영의 혈맥을 질주하기 시작했다.

미증유의 두 기운이 마주치며 무영의 혈맥이 터질 듯 부풀어 올랐다.

그 속으로 진흙 반죽같이 끈끈한 현천진기가 면면부절 흘러가며 혈맥을 보호하고 어루만졌다.

혈맥이 안정되자 반선진기는 계속해서 사자후 같은 진동음과 함께 파괴의 기운을 덮쳐 갔다.

잠시 후 핏빛으로 무영의 온몸을 감쌌던 기운은 포탄이 터지듯 사방으로 터져 나가 흔적없이 흩어졌다.

벌겋게 충혈되었던 무영의 눈빛이 정상으로 돌아오고 있었다. 뒤이어 반선심공을 대성했을 때와 같은 정광이 흘러나왔다.

쾨아앙—

온 우주가 폭발하는 듯한 충격이 전신을 휩쓸며 파멸의 기운이 현천진기와 반선진기 속으로 스며들어 갔다.

우우웅!

세 가지 기운이 동시에 소멸되어 갔다.

소멸은 새로운 탄생!

세 가지 기운이 소멸된 곳에서 새로운 기운 한 가지가 급속히 탄생되고 있었다.

보이지는 않지만 온 세상을 감싸고 있는 대기처럼, 어떤 것보다 부드럽지만 태산을 밀어내는 물결처럼 새로운 기운은 그렇게 무영의 단전을 가득 채우고 전신 혈맥으로 흘러나갔다. 아무리 퍼내어도 영원히 마르지 않을 것 같은 진기가 무영의 혈맥을 가득 채우고 난 후 다시 단전으로 흘러들었다.

단전이 텅 비어버린 것 같았다.

아니, 대해처럼 넓어진 것도 같았다.

용암처럼 펄펄 끓던 그 파괴의 기운은 이제 그 양을 측정할 수 없는 대해의 물결이 되어 단전을 가득 채웠다.

무영은 긴 호흡과 함께 천천히 눈을 떴다.

또다시 이틀이 지났다.

그러나 무영은 전혀 그것을 의식하지 못했다.

단전 밑바닥에 똬리를 튼 파괴의 기운과 싸운 시간은 일각이 채 되지 않을 것 같았다.

"설마… 염라국은 아니겠지?"

눈을 뜬 후 무영은 물끄러미 자신을 내려다보았다.

몸을 감쌌던 옷은 모조리 터져 나가 걸레조각처럼 바닥에 흩어져 있었다.

저승은 아닌 것이 확실했다.

아울러 새로이 태어났다는 것도.

무영은 천천히 진기를 이끌었다.

단전 밑바닥에 만년거석처럼 눌러앉아 있던, 그러다가 어느 순간 용암처럼 터져 나오려고 하던 그 괴물 같은 기운은 조금도 느껴지지 않았다.

그것은 이젠 완전히 새로운 기운으로 샘솟듯 솟아올랐다.

"네 주인은 나라는 것을 한시도 잊지 말도록!"

무영은 손바닥으로 자신의 단전을 툭툭 두드렸다.

이제 그 파괴의 기운은 완전히 자신의 것이 된 것이다.

그 기운은 의식이 일자마자 순식간에 전신 혈맥을 가득 채우고 온몸을 깃털처럼 가볍게 만들었다.

"고생한 보람이 있군."

빙긋 미소를 지은 무영은 천천히 몸을 일으켰다.

투둑!

무릎 위에 걸쳐져 있던 옷 조각들이 아래로 떨어져 내리며 무영은 완전히 알몸이 된 채 동굴 안에 서 있었다.

"쩝!"

입맛을 다신 무영은 난감한 표정으로 자신의 몸을 둘러보았다.

칠흑 같은 어둠이었지만 선명하게 자신의 모습이 눈에 들어왔다.

피부는 여인이라도 감탄사를 터뜨릴 만큼 희고 윤기가 났다. 그것은 모태에서 이제 막 세상 밖으로 나온 갓난아이 같았다. 또한 근골은 무공을 익히는 데 최상이라 할 만큼 완벽한 모습을 하고 있었다.

이전에도 군살 하나 없이 매끈한 몸매였다.

그러나 지금은 탈태환골을 한 것처럼 더욱 완벽한 모습으로 거듭났다.

단지 그 몸이 아무것도 걸치지 못한 알몸이라는 것이 문제였다.

"아쉬운 대로 이것이라도 걸치는 수밖에……."

혀를 한번 찬 무영은 바닥에 깔아놓은 마포를 걸어 허리 아래를 둘둘 감쌌다. 그리고는 새로이 단전에 자리 잡은 기운을 완전히 자기 것으로 익숙하게 다스리기 위해 다시 가부좌를 틀고 앉아 운기에 빠져들었다.

第七十二章

무당의 배신자

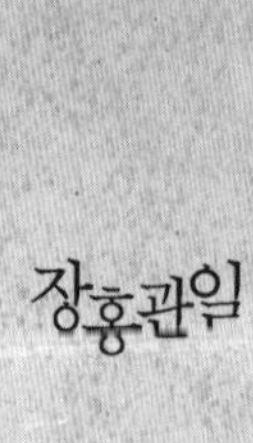
장홍관일

휘익!

비둘기 한 마리가 미세한 바람 소리만 내며 반쯤 열린 창문으로 날아들었다.

회색 깃털 사이에 검은색 깃털이 많이 섞여 보통의 비둘기보다 훨씬 더 검은색으로 보이는 비둘기였다.

일명 천리신구!

보통의 비둘기보다 훨씬 강인하고 영특해서 주로 전서구로 활용되는 놈이었다.

이놈들은 알에서 부화할 때부터 영양가 높은 먹이를 먹고 사육되며 특별한 훈련을 통해 날개의 힘도 몇 배로 강화되어 보통의 비둘기보다 훨씬 빨리, 그리고 훨씬 멀리 날아갈 수 있다.

창문으로 날아든 비둘기는 잠시 실내의 동정을 살피는 듯 하더니 이내 한쪽 구석으로 날아가 거기에 마련된 작은 상자 안으로 머리를 밀고 들어갔다.

비둘기가 머리를 밀고 들어가자 상자의 문은 다시 닫히고, 겉으로 보기에는 그냥 책 상자 이상으로는 느껴지지 않았다.

그러나 그 상자 안에는 비둘기가 좋아하는 먹이와 물이 준비되어 있어 먼 길을 날아온 비둘기는 게걸스럽게 물을 마시고 모이를 쪼아댔다.

비둘기가 먹이와 물을 다 마신다 하더라도 상자의 문은 안쪽에서 바깥쪽으로 밀고 나올 수 없어 비둘기는 방 주인의 확인이 있어야 다시 바깥세상 구경을 할 수 있게 되어 있었다.

비둘기가 도착하고 일각쯤 지나자 실내의 방문이 열리며 한 사내가 들어왔다.

청수한 외모에 단정하게 도관을 머리에 쓴 중년 도사였다.

이곳이 자신의 처소인 듯 그는 자연스럽게 도포를 벗어 걸고 편한 차림으로 탁자 앞에 앉아 지필묵을 앞으로 당겼다.

톡!

톡!

막 붓을 들어 종이 위에 무언가를 적으려던 도사는 흠칫 신형을 굳혔다.

책 상자 속에서 작은 소리가 났기 때문이다.

천리신구가 모이를 쪼는 소리였다. 아니면, 인기척을 들은 그 영리한 놈이 자신의 존재를 알리는 소리인지도 몰랐다.

중년 도사는 얼른 고개를 이리저리 돌리며 바깥의 동정을 살폈다.

바깥에는 아무런 기척이 없었다.

도사는 조심스럽게 신형을 움직여 책 상자의 문을 열었다.

상자 속에는 일각 전에 날아든 천리신구가 눈을 반짝이며 앉아 있었다.

"음!"

낮게 신음성을 흘린 도사는 황급히 손을 움직여 비둘기의 다리에 달린 전통을 떼어냈다.

보통의 전통보다 두 배는 큰 전통이었다. 그리고 그 무게도 만만치 않았다.

도사는 이것을 매달고 날아온 비둘기를 감탄스런 눈으로 잠시 쳐다본 후 전통을 열고 그 안에 든 것을 탁자 위에 쏟았다.

딸그락!

메추리알보다 조금 작은 구슬 세 개가 굴러 내렸다.

이것 때문에 전통의 무게가 평소의 몇 배는 된 것이다.

구슬은 각각 청색과 황색, 그리고 흰색으로 칠해져 있었는데, 겉모양만 보아서는 무엇인지 도저히 알 수가 없었다.

중년 도사는 의구심 가득한 눈으로 세 개의 구슬을 쳐다보았다.

이제껏 이런 경우는 없었다.

이제까지는 전서구를 통해 쪽지만 전해져 왔고, 그것에 따른 지시만 수행했다. 또한 최근 몇 달 동안은 아무런 연락도 없다가 오랜만에 전서구가 날아왔는데 뜻밖에도 전통에 쪽지 외에 다른 것도 들어 있었다.

아무리 쳐다보아도 구슬의 용도를 짐작할 수 없는 중년 도사는 전통을 들고 한 번 더 흔들었다.

톡!

전통 안에서 작은 쪽지가 흘러내렸다.

중년 도사는 급히 쪽지를 펼치고는 서재에서 책 한 권을 빼내어 쪽지와 대조하며 무언가를 적어갔다.

그것으로 보아 쪽지는 암호문으로 되어 있었던 모양이다.

쪽지의 암호문을 모두 해석한 중년 도사의 표정이 처음과는 달리 돌처럼 딱딱하게 굳어 있었다.

'뭔가, 이건?'

중년 도사는 눈 사이를 좁히며 자신이 해독한 암호문을 거듭해서 읽었다.

전혀 예상치 못한 내용에 이해가 가지 않는 지시!

중년 도사의 얼굴에 절로 당혹감이 번져 나갔다.

무언가 파격적인 내용을 기대했던 중년 도사의 눈에 큰 의

혹이 어렸다.

지난 몇 달 동안 연락이 없었다는 것은 큰 계획을 진행시키고 있다는 반증이었다. 그리고 지금쯤이면 그에 상응하는 지시를 보내와야 한다.

그러나 지시는 예상과 달랐고, 납득조차 가지 않았다.

잠시 동안 해독한 암호문을 반복해서 들여다보던 중년 도사는 전통에서 빼낸 쪽지와 그것을 해독하여 적은 종이를 구겨 주담자를 올려놓은 풍로에 던져 넣었다.

화르르—

풍로에 담겨 있던 숯덩이에 의해 두 개의 종이쪽지는 순식간에 타올랐다.

두 개의 종이쪽지가 완전히 재로 변한 것을 확인한 중년 도사는 전통에서 굴러 나온 세 개의 구슬을 손바닥에 올려놓고 무게를 가늠했다.

그 크기의 돌보다는 조금 가볍고, 나무보다는 무거운 물건.

겉모습만 본다면 뛰어난 의가에서 만든 환단 같았다.

정말 그런 것이기라도 한 듯 중년 도사는 그것들을 코앞으로 가져가 길게 숨을 들이쉬며 냄새를 맡았다.

"대체 그가 누구기에?"

중년 도사는 나직하게 중얼거리며 한숨을 내쉬었다. 그리고는 손바닥 안에 든 세 개의 구슬을 중풍 환자가 호두알을 돌리듯 부지런히 돌렸다.

*　　　*　　　*

"후아압—"

무당의 이대제자 장오건(張吾乾)은 입이 찢어져라 하품을 했다.

벌써 며칠째인가?

아무도 오지 않는 산중턱에서 보초를 서는 일은 따분하기 짝이 없었다.

보름씩 교대로 하는 보초 임무의 순번이 되었을 때, 처음 며칠 동안은 고된 수련과 잡무에서 해방되어 휴가를 받는 것과 마찬가지라는 생각에 속으로 쾌재를 외쳤다. 그러나 사흘이 지나자 슬슬 따분해지기 시작했고, 닷새가 더 지나자 좀이 쑤시며 몸이 뒤틀려 왔다.

그렇게 열흘이 다 되어가는 지금은 그야말로 고함이라도 치고 싶었다.

이젠 차라리 누군가 습격이라도 해왔으면 좋겠다는 생각이 들었다. 그래서 한바탕 칼부림이라도 벌이고 나면 굳었던 몸이 풀릴 것도 같았다.

"하아압—"

기지개를 켜며 다시 한 번 눈물이 날 듯 하품을 하던 장오건은 기지개를 켜던 자세 그대로 두 눈을 크게 떴다.

이제껏 쥐새끼 한 마리 얼씬거리지 않던 이곳 산중턱으로 누군가 올라오고 있었기 때문이다.

잠시 후 면면을 확인할 수 있을 거리가 되었다.

"허진자 사숙 아니십니까?"

무당의 고색창연한 건물들이 내려다보이는 산중턱에서 장오건은 중년 도사 허진자를 향해 인사를 차렸다.

인사를 하고 고개를 드는 장오건의 얼굴에 반가운 기색이 어렸다.

허진자는 평소에 모습을 자주 볼 수 없는 사람이었기 때문이다.

"오건 사질이로군. 오랜만일세."

허진자도 만면 가득 인자한 미소를 머금으며 화답했다.

"오랜만에 뵙습니다, 사숙. 그런데 이곳에 어쩐 일이신지요?"

장오건은 약간 의아한 표정으로 허진자를 쳐다보았다.

최근 그는 숙소에만 틀어박혀 바깥출입이 없었고, 또 이곳으로는 근 일 년 동안 한 번도 왕래하지 않은 것으로 알고 있기 때문이다.

"하도 오랫동안 처소에만 처박혀 있었더니 갑갑증이 나는군. 그래서 바람이나 쏘일까 해서 나왔다네."

허진자는 여전히 인자한 표정으로 말했다.

"잘 생각하셨습니다, 사숙. 무공 연구도 좋지만 너무 그것에만 몰두하시면 건강을 해칩니다. 때때로 산책도 하시고 맑은 공기도 마시십시오."

장오건은 활짝 미소를 지은 후 반대방향으로 시선을 돌렸다.

"저쪽으로 가시지요. 저쪽에 있는 감나무에 홍시가 많이 달렸습니다. 몇 개 따서 맛을 보십시오."

장오건은 손짓과 함께 허진자를 안내했다.

"아닐세. 난 저쪽이 더 마음에 드네. 저쪽에 있는 단풍이 무척 곱구먼."

허진자는 가볍게 고개를 흔들며 장오건이 가리키는 반대방향으로 걸음을 옮겼다.

"사숙, 그쪽은……."

장오건은 말꼬리를 흘리며 난처한 표정을 지었다.

"왜 그러나, 사질?"

허진자가 영문을 모르겠다는 표정으로 청년을 쳐다보았다.

"이쪽 수련동 근처로는 아무도 접근시키지 말라는 장문 사백님의 지시가 있었습니다."

"장문 사형이?"

허진자는 눈을 약간 크게 뜨며 말했다.

"그렇습니다, 사숙. 그러니 저쪽으로 가시지요."

장오건은 무척이나 송구스럽다는 기색과 함께 허진자에게

방향을 지시했다.

"무슨 일이기에 장문 사형께서 그런 지시까지 내렸단 말인가? 대악인이라도 잡아두었나?"

허진자는 전혀 납득이 안 간다는 눈으로 장오건을 쳐다보았다.

"그것이……."

장오건은 머뭇거리며 대답을 미뤘다.

"나한테도 밝히기 힘든 일인가?"

허진자는 약간 섭섭하다는 표정을 하며 장오건을 쳐다보았다.

"아, 아닙니다, 사숙! 그런 건 아니고……."

"알겠네. 곤란한 일이라면 묻어두게. 그래야 자네도 임무를 성실히 수행하는 것이 되지 않겠나?"

허진자는 고개를 끄덕이며 인자한 미소를 지었다.

"이해해 주셔서 고맙습니다, 사숙."

장오건은 깊이 고개를 숙였다.

장문인으로부터 누구를 막론하고 자신의 지시를 이행하라는 엄명을 받은 장오건이었기에 평소 존경해 마지않던 허진자라 하더라도 어쩔 수가 없었다. 그런 사정을 먼저 헤아리고 한발 물러서 주는 허진자가 고마울 따름이었다.

"정말 이쪽이라고 그랬나?"

"그렇습니다. 그런데……."

사숙의 질문이 약간 이상하다고 생각한 장오건이 일말의 의구심을 담은 눈으로 허진자를 쳐다보는 순간 겨드랑이 아래쪽이 뜨끔하며 차가운 진기 한줄기가 전신 혈맥으로 퍼져 나가는 것을 느꼈다.

"사숙… 왜……?"

장오건은 벌써 굳어오는 자신의 몸을 느끼며 눈을 동그랗게 뜨고 허진자를 쳐다보았다.

허진자가 무어라 입술을 움직였지만 장오건은 그 소리를 듣지 못한 채 쿵 하고 바닥으로 쓰러졌다.

"고맙네, 사질. 거짓말을 할 줄 모르는 자네의 그 착한 심성을 믿기로 하겠네."

허진자는 여전히 자애롭게 중얼거리며 수혈을 짚인 채 쓰러진 장오건을 가볍게 들어 올려 잡목더미 속에 눕혔다.

별일이 없는 한 장오건은 그 속에서 발견되지 않고 한참 푹 자게 될 것이다.

탁탁탁!

허진자는 잠이 든 장오건의 목과 볼, 뒤통수의 혈 몇 군데를 더 점하고 나서 마지막으로 백회혈을 조심스럽게 건드렸다.

이제 장오건은 잠이 깨더라도 좀 전의 일을 기억하지 못할 것이다. 지금 허진자가 펼친 점혈은 그런 작용을 하는 수법이었다.

"이쪽이란 말이지? 그것만 알아도 시간이 반은 단축되지."

낮게 중얼거린 허진자는 신속하게 자신이 입고 있던 도포를 벗었다. 그러자 도포 안에서 짙은 흑색의 야행의가 드러났다. 그다음으로 도관마저 벗어버리고 검은 복면을 둘러쓰자 허진자는 무당 도사에서 순식간에 자객의 모습으로 바뀌었다.

자신이 입고 왔던 도포를 접어 땅속에 묻고 주변을 살핀 허진자는 장오건이 자신을 막으려고 했던 방향으로 천천히 걸음을 옮겼다.

쉬이익—

잠시 후 그의 신형은 바람에 날리듯 순식간에 자리에서 멀어졌다.

숨 몇 번 들이마시고 내쉴 정도밖에 지나지 않은 시간에 허진자는 쾌속하게 산허리를 돌아갔다.

이곳 산중턱에 있는 수련동!

장문인과 같은 항렬인 일대제자라면 누구나 들 수 있었고, 그곳에서 때때로 큰 성취를 이루기도 했다.

그런데 지금 그곳에 무당 문도가 아닌, 다른 누군가가 들어 있다는 말이다.

천리신구가 전해온 전서에서는 모든 수단을 동원하여 그 자를 죽이라고 했다.

최근 바깥일에 전혀 신경 쓰지 않고 거처에 틀어박혀 한 가지 일에만 몰두하던 그였기에 전서에서 지시한 그자가 어디에 있는지 처음에는 전혀 알지 못했다.

그걸 알아내는 데 반나절이 걸렸다.

몇 달 전 화씨세가의 잔치에 참석했던 장문인은 귀가하는 길에 몇 명의 외부인과 같이 왔다고 했다.

그들에 대해서 모두들 돈을 많이 기부한 향화객으로 알고 있었다.

그 향화객은 몸이 좋지 않아 이곳에서 몇 달 요양을 하며 치료도 좀 받고 떠날 것이라고 했다.

하지만 허진자는 그가 전서에서 말한 그자라는 것을 직감했다.

아무리 돈을 많이 준다고 해도 장문인이 직접 데려오고 치료까지 해주는 사람은 거의 없었다.

황족이라면 그런 대접을 받을 수 있을까?

그렇지 않음에도 불구하고 그런 대접을 받는 자라면 전서에서 말한 자가 틀림없었다.

또한 한 달 전부터는 수련동이 있는 이곳이 알게 모르게 통제되었고, 제자들마저 배치되어 있다.

그것으로 보아 그자는 이곳 수련동에서 무슨 수련을 하고 있거나 요양을 하고 있는 것이 틀림없다.

"누구냐?"

고함 소리와 함께 숲 속에 은신하고 있던 또 다른 청년이 뛰어나왔다.

십 장 가까이 다가왔을 때까지도 기척이 느껴지지 않은 것으로 보아 제법 실력이 있는 녀석 같았다.

"멈추시오!"

모습을 드러낸 청년이 검을 빼 들며 신속히 쏘아져 왔다.

장문인 바로 아래 사제 무진자(霧眞子) 사형의 제자였다.

그동안 정이 많이 든 놈이니 손속에 사정을 두겠지만 어쩔 수 없을 땐 살수를 펼쳐야 한다.

그렇게 되지 않기만을 빌 뿐이다.

휘이익―

허진자는 달려가던 속도 그대로 청년을 향해 돌진했다.

청년의 표정이 흠칫 굳어졌다.

복면을 한 허진자의 손에 들린 단검을 보았기 때문이다.

그런 단검으로 공격을 하겠다는 것은 검과 검이 마주치는 금속음을 내지 않은 채 신속히 상대를 죽이겠다는 의도다.

"차앗!"

청년이 기합성과 함께 검을 휘둘렀다. 그러나 허진자는 허깨비처럼 스쳐 지나가며 청년의 목 언저리를 단검을 쥐지 않은 손으로 찔렀다. 손에 든 단검은 청년의 주의를 흩뜨리기 위한 속임수였다.

아래쪽 청년처럼 수혈이 짚인 청년은 통나무처럼 쓰러졌다.

허진자는 쓰러진 청년을 수풀 속에 던져 넣은 채 장오건처럼 기억을 지우는 점혈을 한 후 그대로 신형을 날렸다.

저만치 수련동이 보였다.

저곳에는 열 개의 수련동이 있다.

자신이 조사한 바에 의하면 지금 현재 저곳에서 수련하는 무당파 문도는 아무도 없었다.

그렇다면 저 열 개의 동굴 중 한 곳에 놈이 있다는 말이다.

'그곳이 어딜까?'

일일이 다 들어가서 확인할 수도 있겠지만 그러려면 시간이 많이 걸린다.

그러나 길게 고민할 필요가 없었다.

열 개의 수련동 중 한곳에서 보초를 서는 청년들의 모습이 발견되었기 때문이다.

청년은 세 명이었다.

그들이 한 개의 수련동을 지키고 있었다.

먼저 쓰러진 두 명의 청년이 아무런 신호도 보내지 못했기에 세 명의 청년은 검을 옆에 놓아둔 채 이리저리 흩어져 담소를 나누고 있었다.

그로 인해 허진자는 동굴 열 개를 일일이 확인하는 수고를 할 필요가 없었다.

문제는 저 녀석들을 어떻게 처치하는가 하는 것이었다.

하나씩이라면 아무런 소리 없이 제압할 수가 있겠지만 저렇게 흩어져 있으니 한 녀석을 제압하는 사이 다른 녀석들이 한꺼번에 달려들면 소음을 발생시키지 않고 제압하기는 힘들 것이다.

'어쩔 수 없다!'

마음을 굳힌 허진자는 발끝으로 땅을 박찼다.

쉬이익—

허진자의 신형이 포탄처럼 앞으로 쏘아졌다.

"헛!"

허진자를 먼저 발견한 청년이 헛바람을 들이켜며 검을 빼어 들었다.

그러나 검을 휘두르지도 못한 채 청년은 통나무처럼 바닥으로 쓰러졌다.

그 순간 옆에 있던 또 다른 청년이 신속히 검을 빼서 찔러왔다. 동시에 또 한 명의 청년은 비스듬히 검을 휘둘렀다.

동료 한 명이 쓰러지자 거의 반사적으로 검을 뽑아 대적해 오는 청년들의 솜씨에서 무당의 저력이 그대로 드러나고 있었다.

'부디 내가 너희를 해치지 않도록 하거라.'

속으로 혀를 찬 허진자는 단검을 휘둘러 갔다.

그러나 두 청년의 검은 서로 역할을 분담하며 아래와 위로 신랄한 공격을 퍼부었다.

제법 정교한 합공이었다.

이런 식이면 단검으로는 불가능했다.

휘익—

허진자의 허리에 매달려 있던 검이 광채를 뿌리며 뽑혀져 나왔다.

쨍—

최초로 쇳소리가 터져 나왔다.

그 소리와 함께 허진자의 검은 더욱 현란하게 움직였다.

파파팟!

허진자의 검에서 바람이 잘려 나가는 소리가 날카롭게 울려 퍼졌다.

두 명의 청년이 놀란 표정을 지었다.

쾌속하면서도 신랄한 검법!

그런데 그 안에서 어쩐지 익숙한 기운이 느껴졌다.

하지만 청년들은 그 익숙함의 정체를 음미할 여유가 없었다.

두 명의 청년은 필사적으로 검을 휘둘렀지만 상대는 자신들이 어찌할 수준이 아니었다.

퍽!

퍽!

두 줄기 파육음이 동시에 터지며 두 청년은 입을 딱 벌리며 쓰러졌다.

검신으로 두 청년의 급소를 두드려 쓰러뜨린 허진자는 긴 한숨을 내쉬었다.

대결이 길어져 여러 차례 검이 부딪치는 소리가 울려 퍼졌다면 다른 사람들이 듣고 달려올 수도 있었지만 쇳소리는 단 한 번밖에 흘러나오지 않았고, 청년들도 큰 상처를 입히지 않고 제압할 수가 있었다.

애초에 생각했던 것보다 훨씬 일이 잘 풀린 셈이었다.

길목에서 사질을 만나 방향을 인도받은 것에서부터 동굴 입구를 지키는 제자들을 통해 동굴 전부를 다 뒤지는 수고를 하지 않아도 되는 것이다.

허진자는 숨을 고르며 잠시 주변을 살폈다.

무당 본관과는 외떨어진 이곳 수련동은 평소에는 찾는 사람이 별로 없었다. 또한 다른 곳에서는 제대로 보이지도 않았다.

모든 잡념을 떨쳐 버리고 오로지 수련에만 몰두하는 곳이기에 그건 당연했다.

그런 때문으로 더 이상 노심초사하지 않아도 될 것 같았다.

단지 수련동 안에서 수양을 하는 그자가 무슨 낌새를 채고 달려나오지 않을까 그것만 신경 쓰였다.

그러나 그것 역시 큰 문제는 아니었다.

동굴의 입구는 하나뿐이니 달려나오면 그때 검을 휘두르면 되는 것이다.

허진자는 동굴 안쪽의 기척을 살폈다.

깊은 수련에 빠져들었는지 아무런 기척이 느껴지지 않았다.

그렇다면 전서에서 지시한 대로 움직이면 일은 끝난다.

허진자는 품속에서 전서구가 날라다 준 작은 구슬 하나를 꺼냈다.

푸른색으로 칠이 되어 있는 구슬이었다.

환단의 색깔을 확인한 허진자는 구슬을 쥔 손에 힘을 주었다.

환단이 찌그러지며 껍질이 깨어지는 소리가 들렸다.

그 순간 허진자는 환단을 동굴 속으로 던져 넣었다.

쉬이익—

동굴 안에서 작은 소음이 들리고, 잠시 후 환단 표면의 색깔과 같은 푸른색의 연기 한 줄기가 보일 듯 말 듯 동굴 입구로부터 흘러나왔다.

그것은 연기가 동굴 구석구석을 빈틈없이 채우고도 모자라 유일한 입구로 쏟아져 나오고 있다는 뜻이다.

파란색 환단은 자미산(子美散)이라는 독을 구슬 모양으로 만든 것이라고 적혀 있었다.

자미산!

한 모금만 들이켜면 즉사하는 극독은 아니다.

그것은 독하기로 이름난 산공독이었다. 그래서 한 모금이라도 들이켜게 되면 아무리 고수라 하더라도 하루 동안은 공력을 전혀 끌어올리지 못하고 허우적거리게 된다.

그때 자신은 그 인간의 목을 자르면 일은 끝난다.

산공독을 뿌리기 전에는 절대로 상대하지 말고 산공독을 뿌린 후 확실히 목을 자르라는 것이 전서구로부터 전해져 온 지시였다.

허진자는 품속에서 황색 구슬을 꺼내 색깔을 확인하고는 입속에 털어 넣었다.

만약의 경우에 대비한 해독약이었다.

휘이익!

산공독에 당했는지 동굴 안에서 바람 소리와 함께 누군가 쾌속하게 튀어나오고 있었다.

허진자는 검을 쳐들었다.

휘익—

희끄무레한 그림자를 향해 허진자는 반사적으로 검을 휘둘렀다.

파앗—

검끝에서 무언가가 걸리며 두 조각이 났다. 그런데 그 느낌이 너무 가벼웠다.

절대로 사람의 목이 잘리는 느낌이 아니었다.

푸드득!

박쥐 한 마리가 두 조각이 난 채 바닥에 나뒹굴었다.

뒤를 이어 여러 마리의 박쥐 떼가 자미산의 연기를 견디지 못하고 발작적으로 날아 나왔다. 그리고 동굴 안쪽 어느 구석엔가 숨어 있던 뱀 몇 마리도 미친 듯이 꿈틀거리며 기어나왔다.

그런데?

자신이 기다리는 인간은 아직 튀어나오지 않고 있었다.

고수라면 어느 정도 지식(止息)을 할 수도 있겠지만 한계가 있는 것이다.

초조한 표정과 함께 검을 쳐들고 있던 허진자는 신속하게 동굴 안으로 쏘아졌다.

동굴 안에 들어선 허진자의 표정이 돌처럼 굳어졌다.

동굴은 그렇게 깊지도 않았고, 안에 다른 갈래 동굴도 없었다. 그리고 최근에 누가 머물렀던 흔적 역시 전혀 없었다.

그야말로 오랫동안 방치되었던 텅 빈 동굴이었다.

그런데 몇 명이나 되는 제자들이 보초를 서고 있었단 말인가?

허진자의 눈 사이가 급격히 좁혀졌다.

그러고 보니 지금까지의 모든 일이 너무 공교로웠다. 그리고 너무나 쉬웠다.

'함정?'

허진자의 뇌리 속으로 날카롭게 헤치고 지나가는 단어였다.

보초를 서고 있던 청년들은 결과적으로 자신을 도운 셈이었고, 자신을 이곳으로 친절하게 이끌었다.

우연이 연속으로 겹치면 그것은 절대로 우연이 아니듯, 행운도 연속으로 거듭되면 그것 역시 행운이 아니다.

뒤늦게 가슴을 친 허진자는 튀듯이 동굴 밖으로 쏘아져 나갔다.

"헛!"

동굴 입구에 멈춰 선 허진자는 헛바람을 들이켰다.

동굴 밖에는 한 명의 초로인이 뒷짐을 진 채 조용히 산 아래를 내려다보며 서 있었다.

조금 굽은 듯했지만 굳건해 보이는 등!

단정하게 빗어 올린 반백의 머리, 그리고 그 위에 경건하게 자리한 도관!

자신의 대사형이자 무당의 장문인인 영진자였다.

'대체 어떻게?'

자신이 지금 이곳으로 와서 이런 일을 벌이고 있는 것은 전서구를 받은 이후다.

그전에는 이곳 수련동에 누가 와 있는지 전혀 알지 못했고 관심도 없었다. 이곳은 무당 본관과는 많이 외떨어진 곳이라 올 일도 없었기에 더욱 그랬다.

그런데 사형은 자신이 이곳에서 무슨 일을 벌일지 어떻게 예상하고 이런 함정을 파놓았단 말인가?

허진자의 뇌리가 온통 헝클어졌다.

그러나 아무리 생각을 모아도 헝클어진 뇌리는 정리가 되지 않았다.

허진자는 하명을 기다리는 사람처럼 묵묵히 영진자의 등을 쳐다보기만 했다.

"이유가 뭔가, 장현 사제?"

영진자는 여전히 등을 보인 자세 그대로 질문을 던졌다.

허진자는 흠칫 몸을 굳혔다.

장현 사제!

어린 시절 영진자가 자신을 부르던 호칭이다.

자신은 복면을 쓰고 있었다. 그리고 사형은 등을 돌리고 있었지만 모든 것을 알고 있었다.

하긴!

허진자는 낮게 신음했다.

자신이 이곳으로 올 것을 예측하고 함정까지 파놓았는데 더 말해 무엇하랴.

"나는 지금까지 아무리 생각해도 그것이 이해되지 않았네. 장현 사제 자네는 재물이나 권력, 무공, 여자 그 어느 것에도 욕심이 없었어. 그렇다고 누군가에게 협박을 당할 만한 가족도 없지. 그런데 무엇이 자네로 하여금 무당을 배신하게 했나?"

영진자의 음성이 산중의 어둠보다 더 짙게 바닥으로 내리깔렸다.

"대사형……"

허진자가 여전히 복면을 쓴 채 말했다.

이미 정체가 드러났지만 복면을 벗고 사형 영진자를 마주 볼 용기가 나지 않은 것이다.

"말하게."

영진자는 천천히 등을 돌리며 허진자의 눈을 쳐다보았다.

잠시 동안 두 사람의 시선이 허공에서 얽히며 불꽃을 튀겼다.

이윽고 영진자의 눈에서 이채가 뿜어졌다.

복면 사이로 드러난 허진자의 눈은 조금도 흔들리지 않았다. 자신의 지금 행동이 마치 확고부동한 신념에 의한 것이라는 듯 눈동자는 강렬한 빛을 뿜어내고 있었다.

"이렇게 되지 않기를 바랐는데… 안타깝게도 대사형께서 너무 빨리 알아버렸군요."

허진자 역시 어릴 때 영진자를 대하던 말투로 돌아가 화답했다.

"허어!"

영진자는 탄식을 터뜨리며 허진자의 눈을 똑바로 쳐다보고 있었다.

영진자의 시선은 허진자의 눈에서 한 줌의 동요라도 찾아내려는 듯 집요했다. 그러나 허진자의 눈빛은 조금도 흔들리지 않고 아까보다 더 강렬한 빛을 뿜어내고 있었다.

완벽한 확고부동!

허진자는 자신의 행위에 대해 일말의 후회도 하지 않는 모습이었다.

영진자는 마침내 허진자의 눈동자에 고정되어 있던 시선을 돌리며 탄식을 삼켰다.

허진자는 허공을 쳐다보며 도저히 믿기지 않는 듯 고개를 흔들었다.

근 사십 년 가까운 세월이다.

그동안 허진자는 누구보다 무당을 사랑하고 무당이 발전하는 데 필요하다면 심장이라도 바칠 듯 열심히 노력했다.

그런데 어떻게 이렇게 하루아침에 무당의 배신자가 될 수 있을까?

"내가 그동안 자네를 잘못 보았단 말인가?"

영진자는 통곡을 하듯 중얼거렸다.

"섭섭하군요, 사형! 사형께서 절 그런 눈으로 쳐다보시다니……."

영진자의 탄식에 허진자는 오히려 안타까운 표정과 함께 대꾸했다. 그런 허진자의 태도에 영진자는 도저히 납득이 가지 않는 눈으로 허진자를 노려보았다.

"이런 짓을 벌이고도 자네의 눈에는 후회의 빛이라고는 단한 점도 보이지 않는군. 어떻게 그럴 수가 있는가?"

영진자의 표정에 서서히 분노의 기운이 어렸다.

사문을 배신했으면서도 이렇게 한 점의 동요도 없이 자신을 바라본다면 철면피도 그런 철면피가 없는 것이다.

허진자는 낮은 한숨을 쉰 후 입을 열었다.

"당연하지요. 전 이제껏 단 한 번도 무당을 배신한 적이 없으니까요."

허진자는 단호한 음성으로 답하고 영진자를 쳐다보았다.

자신이 내뱉은 말처럼 영진자를 쳐다보는 허진자의 눈빛은 조금도 흔들리지 않았다.

오히려 영진자의 눈빛이 흔들리고 있었다.

너무나 확고부동한 허진자의 눈빛!

저런 눈빛은 자신의 신념에 한 치의 어긋남이 없이 행동하는 사람들에게서만 볼 수 있는 눈빛이었다.

"그런데 왜 이런 짓을 벌이는 것인가?"

영진자는 허진자의 손에 들린 검을, 그리고 그 검신에 가격당해 쓰러져 있는 무당의 청년 제자들을 보며 물었다.

"이런 짓이라면… 어떤 일을 말하는지요?"

허진자는 영진자의 질문에 답하는 대신 도리어 질문을 던졌다.

"무당을 단 한 번도 배신한 적이 없다는 사람이 왜 무황성의 개가 되어 이런 행위를 하느냔 말일세!"

영진자의 추상같은 고함에 허진자의 눈빛이 처음으로 주춤 흔들렸다.

사형 영진자가 자신이 이곳으로 올 것을 예상하고 함정을 파놓은 채 기다린 것도 납득이 가지 않았는데 이제 자신이 무황성과 내통하고 있다는 것도 알고 있다.

'대체 어디에서 새어나간 것일까?'

허진자는 그것이 무척 궁금했다.

자신이 무황성과 내통하고 있다는 사실은 무황성 내에서도 아는 사람이 얼마 없었기 때문이다.

"어떻게 그 사실들을 다 아시게 된 겁니까?"

허진자는 약간은 허탈한 표정과 함께 오히려 질문했다.

"질문은 내가 먼저 했네! 말로는 배신하지 않았다고 하면서 자네는 명백한 배신 행위를 하고 있지 않나 말일세!"

영진자의 고함이 더 크게 울렸다.

포탄같이 터져 나온 고함에 허진자는 잠시 영진자를 물끄러미 바라보다가 입을 열었다.

"그럼 하나만 묻겠습니다. 지금 무당은 어디에 있습니까?"

허진자의 입에서 나온 의미 모를 질문에 영진자는 눈만 끔벅거렸다.

"제가 처음 무당에 입문할 때 사부님께서 제게 말씀하셨지요, 너는 강호에서 가장 강하고 자랑스러운 문파의 제자가 되었다고."

그때의 감회가 떠올랐는지 허진자의 눈동자에 언뜻 숨길 수 없는 자부심이 스쳐 지나갔다.

"하지만 십 년 세월이 지나고 보니 우리 무당은 무황성의 아래라는 것을 알게 되었습니다. 그리고 또 십 년이 지나고 보니 소림의 아래더군요. 그리고 다시 십 년이 지난 시점에서 보니 화산파도 무당보다 반걸음쯤 앞서가고 있더군요."

잠시 말을 멈춘 허진자는 입술을 질끈 씹었다.

주르르—

의식도 못하는 사이 허진자의 입술에서 선혈이 흘러내렸다.

"너무나도 사랑했던, 목숨보다도 사랑했던 제 사문인 무당의 위치가 그것밖에… 그 정도밖에 안 된다는 사실을 전 도저히 인정할 수 없습니다."

허진자는 피를 토해내듯 자신의 생각을 토해냈다.

'허어—'

영진자는 속으로 장탄식을 했다.

누가 보아도 배신 행위로밖에 여길 수 없는 행동을 하면서도 한 치의 흔들림이 없는 허진자의 눈빛은 이 때문이었다.

사심에 의한, 자신 개인의 영달을 위한 행위가 아니었기 때문이다.

목숨보다 사랑하는 문파를 최고의 위치에 올려놓기 위해서라면 자신은 무슨 짓이든 할 수 있다는 맹목적인 신념이 지금의 허진자를 만든 것이다.

"그래서 무황성과 내통하면서 무엇을 얻고, 무엇을 이루겠

단 말인가?"

영진자는 가슴이 갑갑하여 목이 갈리는 음성으로 말했다.

"지금은 자세히 말씀드릴 순 없지만 이번 일이 성공하면 우리 무당은 명실상부한 구파일방의 제일석을 차지할 것입니다. 우리 무당은 당연히 그렇게 되어야 했습니다. 그런 면에서 사형은 너무 우유부단했습니다. 사형께서 장문인으로 계신 십 년 가까운 세월 동안 무당이 구파일방의 북두가 될 수 있는 기회가 두 번은 있었지만 사형께선 강호 도의와 무림의 평화만 외치며 뒤로 물러서셨습니다. 그래서 이제 화산에게까지 밀리게 되었지요."

"허허!"

영진자는 마침내 허탈한 웃음을 흘렸다.

너무나도 총명하고 밝았던 사제의 어느 곳에 저런 아집이 숨어 있었단 말인가?

지금 허진자의 모습은 무림을 혈풍으로 몰아넣은 패웅들의 모습을 닮았다.

사사로운 욕심이 없고, 무엇인가 한 가지를 하기 시작하면 식음을 전폐할 정도로 집중력을 보였던 허진자다. 그런 편집증에 가까운 고집은 무공을 닦는 데 있어 무서운 속도의 성취를 이루게 했었다.

하지만 너무 한곳만 쳐다보는 그 성격이 방향을 잘못 잡으면 저렇게 되는 것이다.

"도의와 협의를 무시한 최고의 자리가 무슨 소용이 있는가?"

영진자는 긴 한숨을 쉰 후 물었다.

"그렇긴 하지요. 그러나 한 번쯤은 그런 것보다는 무당의 이익을 먼저 생각하실 수 있지 않습니까, 사형! 그리하여 무당을 최고로 만들고, 무당이 최고라는 자부심을 모든 문도의 가슴에 새겨줄 수도 있는 일이 아닙니까? 너무나 존경했던 사형이지만 그런 면에서 사형은 제게 큰 실망을 안겨주었습니다."

허진자의 눈이 활활 타오르고 있었다. 더 이상 어떤 말로든 설득이 될 눈빛이 아니었다.

"그래서 어쩔 셈인가? 나를 죽이고 장문인 자리라도 차지하겠다는 것인가?"

"그런 생각은 추호도 없습니다, 사형! 무당파 다음으로 사랑하는 사형에게 그런 생각을 품는다는 것은 어불성설이지요. 저를 믿고 제 계획이 성공하는 날까지 아무것도 묻지 마시고 덮어주실 수는 없겠는지요, 사형?"

확고부동하던 허진자의 눈에 애원의 빛이 흘러나왔다.

영진자는 절레절레 고개를 저은 후 입을 열었다.

"자네는 무황성이 어떤 곳이라 생각하는가?"

영진자의 질문에 허진자는 잠시 시선을 내렸다가 다시 영진자를 쳐다보았다.

"저 역시 그들을 전적으로 믿지는 않습니다. 하지만 그들의 힘은 우리 무당파에 큰 도움이 될 수 있습니다. 전 그것을 이용하고자 합니다."

"늑대를 쫓아내려고 호랑이를 끌어들이는 결과는 생각해 보지 않았단 말인가?"

"모험이 없이는 아무것도 이룰 수 없습니다. 사형께서 협의와 정의만을 고집하는 동안 또 어떤 문파가 우리를 앞지를지도 모릅니다. 그건 죽는 것보다 싫습니다."

허진자의 눈에서 번갯불 같은 안광이 쏘아져 나왔다.

더 이상은 설득이 불가능한 눈빛이었다.

어떤 수단을 써서라도 자신의 생각을 관철시키고자 하는 강철 같은 눈빛이기도 했다.

"이젠 어쩔 수 없구먼. 돌이킬 수 없는 결과를 불러오기 전에 자네를 제압해야겠네."

영진자는 천천히 검을 뽑아 들었다.

그동안 너무나 아꼈던 사제를 향해 검을 휘둘러야 한다는 사실에 가슴이 찢어질 듯 아팠지만 저런 편협한 생각을 하고 있는 사제를 그냥 두었다가는 종내에는 파국을 맞게 될 것이다.

무황성이 어떤 곳인지 몰랐다면 한 번쯤은 더 설득하며 여유를 가질 수도 있겠으나 화씨세가의 잔치에 참석한 자리에서 화산의 청우자로부터 상세히 설명을 들었다. 또한 선인봉

자락에서 단목상군이 어떤 인간인지 직접 목격하지 않았던가?

아직도 그의 눈에서 순간적으로 일렁거렸던 붉은 기운을 잊을 수가 없다.

음습하거나 교활한 눈빛은 아니었지만 가슴을 철렁하게 만드는 그 눈빛!

그런 인간이 획책하는 일이라면 그것이 어떤 것인지를 막론하고 막아야 한다는 생각만이 가슴에 가득했다.

"사형께서 저를 믿지 못하고 방해하시는 이상 저 역시 어쩔 수 없습니다."

허진자는 탄식을 하듯 눈을 한 번 감은 후 산 아래쪽으로 고개를 돌렸다.

휘이잉—

아래쪽에서 세찬 바람 한줄기가 불어왔다.

아까부터 줄곧 불어오는 바람이었지만 영진자는 그것을 느끼지도 못하고 있었다. 하지만 허진자는 지금까지 그 바람의 방향을 세세히 읽는 중이었다.

'됐다!'

허진자는 속으로 외쳤다.

그와 동시에 허진자는 아무런 표시도 나지 않게 오른쪽 발에 힘을 주었다.

쉬익!

등을 돌리고 서 있던 영진자를 보는 순간 발밑에 은밀히 숨겨둔 백색의 구슬이 터지는 소리였다.

백색의 구슬은 청색의 것과 달리 아무런 색깔도 없이 피어올랐다.

무언가 위기를 느낀 영진자는 급히 옆으로 한 발 물러났다.

아래에서 불어오는 바람 소리에 섞인 미세한 또 다른 바람 소리는 암기를 날릴 때 나는 소리와 같았기 때문이다.

그러나 암기의 흔적은 어디에도 없었다. 대신 옅은 식초 향 같은 것이 맡아졌다.

자미산이 산중턱에서 불어오는 세찬 맞바람을 타고 순식간에 영진자의 전신을 뒤덮은 것이다.

'이, 이런?

영진자는 속으로 당혹성을 터뜨렸다.

급히 숨을 멈추었지만 한발 앞서 폐부로 스며든 자미산이 빠르게 혈맥으로 퍼져 나가는 느낌을 받았다.

동굴 속에서 흘러나오는 청색 연기를 보며 그것이 결코 예사로운 것이 아니라는 생각과 함께 잔뜩 경계를 하고 있었다. 그래서 허진자가 그것을 던질 기색이 보이면 팔이라도 잘라 제압하려 했는데 발밑에 그것을 감추어놓았을 줄은 몰랐던 것이다.

휘익—

산공독에 중독된 영진자의 가슴 대혈 한 군데를 향해 허진자의 손이 쾌속하게 뻗어왔다.

"하앗!"

영진자는 기합성을 터뜨리며 뽑아 들었던 검을 세차게 휘둘렀다.

허진자를 베어가는 검이 휘청 흔들렸다.

급속히 혈맥으로 퍼져 나가는 산공독으로 인해 진기의 흐름이 제대로 이루어지지 않았기 때문이다.

슈슈슉!

허진자의 손이 파탄이 드러난 영진자의 검초 속으로 빠르게 파고들었다.

영진자는 검초를 변경시키며 검을 찔러 넣었다.

아까보다 더 많은 파탄이 드러났다.

그 사이로 허진자의 손이 파고들어 영진자의 가슴에 있는 혈 한곳을 강하게 찔렀다.

찌릿한 느낌과 함께 온몸의 힘이 다 빠져나가는 기분이 들었다.

쿵—

혈이 봉해진 영진자는 마침내 바닥에 주저앉았다.

무당의 점혈법이 아닌, 전혀 이질적인 기운이 스며드는 점혈법에 영진자의 눈은 평소의 두 배로 크게 뜨여졌다.

그런 영진자를 향해 허진자가 천천히 허리를 숙였다.

"정말 죄송합니다, 사형! 지금은 어이가 없겠지만 제가 추진한 일이 성공하고 나면 사형께서도 오히려 칭찬하실 것입니다. 하지만 사형의 오늘 기억은 지우겠습니다. 기억이 사라지면 지금의 억장이 무너지는 듯한 심정도 같이 사라질 테니 편안하실 겁니다. 그전에 어떻게 제 정체를 알았는지에 대해 알아내도록 하겠습니다. 물론 무의식 상태에서 대답하실 테니 죄책감을 가질 필요는 없을 겁니다."

허진자는 영진자의 백회혈을 향해 천천히 손을 뻗어갔다.

"당신이 허진자였군."

허진자의 손이 막 영진자의 백회혈에 닿으려는 순간 맑은 음성 한줄기가 솔바람처럼 들려왔다.

『장홍관일(長虹貫日)』 7권에 계속…